UN HEUREUX ÉVÉNEMENT

Normalienne et agrégée de philosophie, Eliette Abécassis est l'auteur de nombreux romans, dont la trilogie de *Qumran,* traduite en dix-huit langues, de *Clandestin* ou encore de *Mère et fille.*

ELIETTE ABÉCASSIS

Un heureux événement

ROMAN

ALBIN MICHEL

© Éditions Albin Michel, 2005.
ISBN : 978-2-253-12004-9 – 1ʳᵉ publication LGF

Ce jour-là, en ouvrant les yeux, j'étais toute chose. Je me trouvais sur le dos, lorsque, relevant la tête, j'aperçus une drôle de protubérance devant moi. J'avais mal partout. Après dix heures de sommeil, j'étais fatiguée, j'avais encore besoin de dormir. Je sentis une démangeaison près de l'hypogastre : je fis un effort considérable pour me redresser et tenter d'apercevoir l'endroit en question – mais c'était impossible : mon ventre m'en cachait la vue. Relevant la couette, j'aperçus alors mon abdomen : de part et d'autre pendaient mes bras et mes jambes, telles des baguettes.

« Qu'est-ce qui m'est arrivé ? » me dis-je en me pinçant : mais ce n'était pas un rêve, j'étais bien chez moi, entre quatre murs blancs. Sur la table de nuit, ma lampe et mon livre de chevet : *Le Deuxième Sexe* de Simone de Beauvoir. A même le sol, toutes sortes de toiles et de photographies que mon ami entreposait avant de les emporter dans sa galerie.

« Et si je redormais un peu et oubliais tout cela ? » me dis-je.

Mais c'était impossible. Telle la tortue qu'on a retournée, j'étais incapable de bouger et de me mettre sur le côté pour m'assoupir. Je tentai de me projeter sur la gauche mais le poids était tel que je retombai brutalement sur le dos.

Je fis un effort pour lever la tête et regarder le réveil électronique qui indiquait 8:45. A 9:30, j'avais un rendez-vous avec mon directeur de thèse. Si par miracle j'arrivais à me lever, comment allais-je pouvoir me montrer à lui dans cet état ? J'avais eu suffisamment de mal à avoir une relation d'égale à égal avec lui. Quel mensonge allais-je lui raconter pour justifier ma transformation ?

Tandis que je réfléchissais à tout cela, le téléphone retentit : la présentation du numéro indiquait que c'était ma mère. Je décrochai. Un tremblement au coin de mon œil gauche témoigna d'une émotivité excessive. Sans dire un mot, je finis par poser le téléphone sur la table, ma mère continuait à parler dans le vide comme si de rien n'était, me reprochant de ne pas l'avoir appelée et de ne pas la voir.

De rage, je gonflai le ventre, bombai le torse, rejetai la couverture, et fis une nouvelle tentative. Impossible. J'avais besoin de quelqu'un pour me redresser. Quel dommage que Nicolas soit parti au travail ! Il aurait pu m'aider à me lever. Mais non : j'étais seule. Il fallait que je m'en sorte seule. Je commençai prudemment par tourner la tête de côté tout en espérant que le reste suivrait. Cette stratégie porta ses fruits, et finalement la masse, en dépit de sa largeur et de son poids, suivit lentement la rotation du haut. Mais lorsque, au prix d'efforts supplémentaires, en prenant appui sur un bras, je fis basculer mon abdomen en dehors du lit, je me retrouvai en équilibre sur une jambe, comme un héron. Je n'avais plus qu'une solution : faire un mouvement de balancier pour me retrouver debout. J'avais peur de tomber. En regardant le réveil, je m'aperçus qu'il était déjà 9 heures. Tant pis. Il fallait prendre le risque.

Je pris mon élan, en comptant un, deux, trois, me jetai hors du lit, et tombai par terre. Le bruit de mon corps résonna sur le parquet.

Je poussai un soupir de soulagement. Il fallait à présent que je me lève de là : c'était plus facile car je pouvais m'aider du lit.

Avant de me lancer, je fis une pause.

C'est alors que, croisant mon image dans le miroir, je me vis : à quatre pattes, les joues tombantes, l'œil morne, les narines dilatées. Soit j'étais devenue un chien, soit j'étais enceinte.

Avant, j'étais amoureuse. J'étais libre. J'étais à Chicago, à Hô Chi Minh, à La Havane, à l'heure du grand crépuscule, lorsque les vagues viennent se jeter sur la baie, j'étais au bout du monde et il faisait chaud. Je n'étais pas seule. La cité s'étendait devant nous, avec ses odeurs de mer, de tabac et de rhum. Dans la moiteur de la nuit, gais, insouciants et jeunes, nous sommes rentrés dans la chambre d'hôtel. Dehors, dans la cour, un orchestre jouait un air de Buena Vista. Par cette fin d'après-midi, il m'a demandé de faire un enfant. Par faiblesse, par désir, par amour. Par folie, j'ai dit oui.

En ces temps-là, nous étions libres. Nous sortions. Au cinéma, au restaurant, dans les bars, en boîte de nuit. Nous sortions tard. Nous rentrions au petit matin. Nous marchions.

A la montagne, à la plage, devant la mer, dans les forêts. Nous étions sportifs. Nous passions des coups de téléphone. Nous prenions des bains. Nous lisions les livres en entier. Nous avions des avis sur la politique et sur d'autres sujets aussi. Nous attrapions les objets des deux mains. Nous prenions notre café chaud. Nous toastions le pain le dimanche matin. Nous voyions des amis sans les prévenir longtemps à l'avance. Nous avions des amis. Nombreux, différents, célibataires, drôles. Nous pouvions passer des soirées entières à rire, fumer, boire jusqu'au petit matin. C'était le temps où nous donnions des rendez-vous et où nous nous y rendions.

En ces temps-là, nous ne voyions pas nos parents. Nous nous étions habilement arrangés pour être fâchés avec eux. Le résultat était probant : les mères ne venaient pas nous rendre visite sous des prétextes fallacieux. Elles n'appelaient pas le dimanche matin pour signaler la diffusion d'une émission intéressante sur les enfants. Elles n'osaient pas émettre de commentaires sur notre vie.

C'était le temps glorieux de nos amours immenses. Nous nous étions rencontrés rue des Rosiers, à Paris, par un dimanche du mois d'avril. Lui, assis négligemment sur la rambarde, devant sa galerie d'art. J'ai aimé ses yeux clairs, sa barbe de trois jours et son air de défi. Sa chemise retroussée sur son bras. Ses mains. Je lui ai souri, il m'a remarquée, je l'ai abordé.

Je lui ai plu : j'étais féminine quoique féministe. Nous sommes partis dans Paris, c'était déjà le crépuscule. Nous sommes allés sur les berges de la Seine, nous avons fumé, parlé, de tout, de rien, de la vie. Peu importe ce que l'on se dit. L'important, c'est le temps. Le temps qui s'arrêta, ce jour-là, pour nous. Le temps qui nous fit la révérence de nous oublier, s'inclinant devant le miracle d'une rencontre, de deux cœurs qui se joignent et qui, l'espace d'un instant, ressentent le pouvoir de l'éternité, et de se comprendre en silence.

Il suffisait d'un battement de cils, d'un sourire pour que mon cœur sursaute. Il suffisait d'un regard. C'était une évidence. Il y avait eu quelque chose entre nous, d'unique et de fou, comme un ravissement. En lui se cristallisaient tous mes désirs, tous mes fantasmes. J'étais sa servante, son esclave. Je remerciais le dieu Amour. Je ne vivais que pour lui.

C'était après notre rencontre, en Italie, terre bénie de nos amours.

J'étais contre lui, sous le ciel du premier jour, la lune était dans le soleil, et le soleil caressait la lune, c'était l'éclipse ce jour-là – la seule éclipse de notre histoire. Venise, le petit hôtel, le soir, devant l'eau, l'un avec l'autre... La lune encore, reflétée dans la mer assoupie. Les regards glissaient comme les gondoles. Puis Florence, sur le Ponte Vecchio, seuls au monde.

La campagne toscane, la ferme au bout du chemin... Il a décrit le paysage avec éloquence, toutes les teintes de vert, et je voyais le monde par ses yeux. Les arbres dans la nuit étaient comme de la soie, il y avait mille étoiles. Livourne dans la brume d'un petit matin. Le bateau qui nous mena en Sardaigne, le bal du village où il m'invita à danser, le Macalan près de la piscine, nos serments, nos sourires, et l'éloquence de nos corps silencieux... Nos matins, le café et la joie de se dire simplement bonjour, au revoir. Puis Rome, la Piazza di Spagna, le petit mur où je me suis allongée. A droite, la terre ferme, à gauche l'abîme.

Ce moment où dans une chambre d'hôtel à l'heure où d'autres s'éveillent, il me dit « je t'aime » pour la première fois. On était bienheureux. Dans ses bras, je m'abandonnais.

J'étais la grande amoureuse savourant l'aube, voile d'or et de bronze sur mes yeux, et je sentais le goût du jour, je voyais plus loin que l'azur, au rêve de l'été profond.

Lorsque je quittais une pièce, il me suivait du regard. Je prenais des bains, j'enduisais mon corps d'huile et de parfums, je me maquillais. J'attendais, le cœur battant. La sonnerie du téléphone, la sonnette de la porte, le bruit de ses pas, la tourmente délicieuse de le voir approcher, la fulgurance des premiers émois...

J'avais lu *Belle du Seigneur*. J'en savais des passages par cœur. Le moment où Solal arrive sur son cheval pour séduire Ariane. Les bains d'Ariane. Le moment où ils s'aiment comme des fous où il part seul dans la nuit pour qu'elle le désire encore. Les raisins, les robes, les baisers. Le discours du séducteur, la grande marche de l'amour, toute la mythologie. Puis le départ pour Nice. La décrépitude, la déchéance terrible de la passion. La fin de l'amour.

En fait, c'est différent, la fin de l'amour. On nous cache tout, on ne nous dit rien. On exhibe les chérubins dans leur petite veste rose, les fesses à l'air en train de dérouler le papier-toilette. On fait croire que tout est merveilleux. En vérité, la littérature nous a trompés, et même Albert Cohen nous a égarés, n'osant faire face à la réalité : l'amour n'est pas le premier battement de cils, l'amour n'est pas non plus les vacances sous le ciel d'Italie, ni l'ennui qui guette les habitants de la villa niçoise, l'amour c'est ce qui se passe après.

Nous nous aimions, nous étions amoureux et seuls au monde. Puis il y eut l'enfant. Et c'est là, à ce point précis, que notre aventure commença. Avant, ce n'était que balbutiements et hautes espérances.

Nous n'avions pas de raison de faire un enfant. Nous

14

étions jeunes, heureux, amoureux. Ce n'était pas une nécessité sociale. Ce n'était pas une évidence. Ce n'était pas une évolution naturelle de notre relation, ce n'était pas par pression, ce n'était pas un projet.

Qu'est-ce qui nous a pris ce jour-là ? Etait-ce la rencontre de cet enfant dans les rues perdues de La Havane ? Une réponse à l'absurdité de la vie ? Mais d'où vient cette folie que les gens ont des enfants – qu'ils décident d'avoir cette outrecuidance ? Pour qui se prennent-ils ? Est-ce qu'ils savent ce qu'ils font, est-ce qu'ils ont bien conscience de tout ? Non, en fait, personne n'a rien compris. Comme le Bourgeois gentilhomme, ils font de la métaphysique et ils ne le savent pas. Ils font l'acte le plus commun et le plus inouï, qui consiste à reproduire l'humanité, en prenant en charge un petit d'homme. En étant responsables d'un autre, alors qu'ils ne le sont pas d'eux-mêmes. C'est vertigineusement banal. Ils se mettent à la place de Dieu, en toute innocence.

Après mûre réflexion, j'ai noté dans mon carnet trois bonnes raisons de faire un enfant :

Raison 1 : on s'aime.

Raison 2 : on a voyagé dans tous les pays atteignables.

Raison 2 revient à ce que l'on appelle : la Menace de l'Ennui.

Raison 3 : j'ai passé 30 ans, et à l'approche des 40 ans, j'avais peur de vieillir. C'est la dernière ligne droite.

Raison 3 revient à : la Peur de la Mort.

Résumons. Pourquoi fait-on des enfants ? Par Amour, par Ennui et par Peur de la Mort. Les trois composantes essentielles de la vie.

Faire un enfant est à la portée de tous, et pourtant peu de futurs parents connaissent la vérité, c'est la fin de la vie.

Avant. J'ai 33 ans, des cheveux longs, soignés, raidis par des brushings. Je suis maquillée, habillée, parfumée. Je suis intense, romantique, intellectuelle, passionnée.

Après. Je n'ai pas d'âge, mes cheveux tombent, mes yeux sont perdus dans le vide, je ne vois plus rien, car prendre mes lunettes est le jeu favori du bébé ; je suis pieds nus, je porte des tee-shirts sales, et je n'aime que dormir. Je suis cynique, désespérée, bête, et souvent méchante. Je suis femme au foyer. Je suis épouse. Je suis mère.

J'ai une sœur, Katia, qui a cinq ans de plus que moi, et avec qui je ne m'entends pas très bien, un père que je ne vois jamais depuis qu'il a quitté ma mère – et une mère qui me harcèle téléphoniquement depuis que je la filtre grâce à la présentation du numéro. Mes parents ont divorcé lorsque j'avais quatre ans, et ma sœur et moi avons vécu avec notre mère, ne voyant plus notre père qu'un week-end sur deux et aux vacances, puis de plus en plus rarement. Séducteur au regard sombre, il passe son temps dans le sud de la France avec des maîtresses qui rajeunissent à mesure qu'il vieillit.

Mon ami tient une galerie d'art dans le Marais. A

l'inverse de bon nombre de ses condisciples de Dauphine, l'argent ne l'intéresse pas vraiment. Il vit selon ses propres principes. Il a décidé que la vie était trop courte pour ne pas faire ce qu'on désire profondément. Il a ouvert sa galerie rue des Francs-Bourgeois. Puis il s'est agrandi et il tient à présent une boutique plus vaste, toujours rue des Francs-Bourgeois mais plus près de la place des Vosges. Cette place des Vosges où il aurait aimé un jour voir sa propre galerie.

Grâce à ses études, il comprend tous les mécanismes financiers mais il ne voulait pas y consacrer sa vie. Sa galerie s'appelle Artima, en hommage à l'image, et aussi parce que Ima en hébreu signifie : maman. Sa mère qui ne manque pas de passer quotidiennement rue des Francs-Bourgeois pour apporter la carpe farcie et le strudel aux pommes faits maison.

Mon ami vient d'une famille typiquement ashkénaze. Son père, Jean-Claude Reinach, descend d'une famille juive alsacienne. Sa mère, Edith, est d'une famille juive polonaise par sa mère et allemande par son père. Dans le salon de ses parents, il y avait le portrait de ses grands-parents assassinés. Quand il était plus jeune, il ne supportait pas de les voir. Chaque fois que son regard les croisait, il sursautait.

Chez eux, on mangeait des latkès, des harengs et de la carpe farcie. Ses parents ne célébraient guère les fêtes juives, excepté Kippour durant lequel ils se rendaient à la synagogue de la Victoire. Le week-end, ils partaient sur le bord de mer dans leur petite villa de Trouville. Ils écoutaient de la musique klezmer et lisaient des livres sur le Bund. Ils méprisaient les Juifs sépharades qui avaient leur maison à Deauville. Ils s'habillaient de façon sobre et élégante, même en vacances. De temps à autre, ils invitaient des amis ashkénazes avec lesquels ils buvaient de grandes rasades d'eau-de-vie à la mirabelle en se racontant des blagues en yiddish. Parfois ils voyageaient, c'était toujours dans des pays de l'Est : Lituanie, Pologne, Hongrie, Tchécoslovaquie. Leur ville préférée est Prague, que sa mère connaît par cœur car elle y a été guide. Dans tous ces pays, ils ne visitent que les cimetières juifs et les vieilles synagogues pour lesquels son père a une passion, sinon une obsession. C'est d'ailleurs ainsi qu'il rencontra sa mère, lors d'un voyage en Lituanie où elle faisait visiter les cimetières juifs. Devant tant d'érudition, son père ne put que s'incliner.

Peu après notre rencontre, nous avons emménagé ensemble dans un grand studio du Marais. Il n'y avait qu'une seule pièce, avec des poutres, des fauteuils en cuir et une petite table basse, tout de blanc et de bois chaleureux. Je m'asseyais sur mon fauteuil chiné chez les brocanteurs du quartier, allais prendre un verre de vin et écoutais de la musique cubaine, tout en rêvassant devant le tableau d'un jeune peintre.

J'aimais ce quartier de Paris, aux rues étroites et sombres. J'observais le passage des voitures, des piétons. Dehors il y avait toujours de l'animation. Le Marais côté juif, ce sont les falafels, les librairies, les chapeaux, les manteaux et les longues barbes sur chemises blanches et complets noirs. Le Marais ancien, le shtetl, comme l'appellent les juifs polonais. Depuis une dizaine d'années, le Marais a changé de visage. Les homosexuels sont venus rejoindre les juifs, comme si les exclus avaient besoin de se retrouver. Côté rue des Archives, les hommes par dizaines, aux tee-shirts cintrés, se serrent les uns contre les autres, dans les cafés, les bars, les boîtes jusqu'au bout de la nuit. La limite est la rue Vieille-du-Temple, sorte de no man's land avec le passage du Trésor et ses restaurants en terrasse. Les deux communautés vivent côte à côte, sans se toucher. C'est drôle de les voir si proches et si différents, les uns allant solennellement à la synagogue le vendredi soir et les autres sortant le samedi soir dans les bars bondés qui débordent jusque dans la rue.

Il y a un mouvement permanent entre les deux parties du Marais. Lorsque les uns s'endorment, les autres s'éveillent. Au petit matin, ils se croisent : les uns vont se coucher, les autres se rendent à la synagogue pour faire la prière.

Dans le Marais, il y a un sentiment de vie intense et débridée, entre les odeurs de cumin et de cannelle des restaurants orientaux qui se mêlent aux saveurs ashkénazes, pastramis et strudels, il y a les cris et les poussettes, les jeunes qui se donnent rendez-vous. Le dimanche, tout un monde bigarré se retrouve dans les restaurants. Alors c'est comme si une grande famille se revoyait, se parlait, se haranguait sans vergogne et, comme toute famille, se disputait abondamment.

Ce matin-là, je me suis réveillée, sonnée comme après un lendemain de fête. En me levant, je fus envahie par un sentiment de trop-plein. J'en avais des haut-le-cœur. J'étais là, à bâiller et saliver, entre veille et sommeil. J'ai fini par me rendre à la cuisine, me réjouissant à l'avance de préparer un café salvateur. Mais sa saveur sensuelle était devenue une odeur âcre, écœurante, qui, bien loin de l'onctueuse volupté escomptée, produisit un si profond dégoût qu'il me fallut poser la tasse, sortir en trombe puis refermer la porte de la cuisine pour que l'arôme n'envahisse pas le salon.

Je me pinçai les narines, ouvris la fenêtre pour avoir un peu d'air et vérifier que j'étais bien sur terre et non sur un bateau. Pas de doute : les livreurs de boîtes de pois chiches, les voitures qui klaxonnent en chœur derrière les livreurs, les camions-poubelles, les piétons pressés aux barbes broussailleuses certifiaient que j'étais bien rue des Rosiers.

De l'autre côté de la rue, deux cuistots sri-lankais discutaient en fumant une cigarette, ce qui me fit suffoquer. Je refermai la fenêtre, perplexe. Je passai toute la journée à tourner dans mon studio en proie aux sentiments les plus contradictoires, partagée entre l'idée d'aller chez le médecin et la peur de me trouver confrontée à un verdict définitif. Je regardai le miroir en articulant « Barbara Dray » pour me prouver que ces cheveux noirs, ces yeux sombres, cette bouche aux lèvres brillantes et ces taches de rousseur étaient bien les miens, que c'était moi dans le miroir et non pas une autre jeune femme d'une trentaine d'années qui se serait substituée à moi durant la nuit.

Le soir, ce fut encore plus étrange : moi qui d'ordinaire ne mangeais que végétarien macrobiotique, voilà que j'eus soudain une furieuse envie de viande. Nicolas, ravi de la tournure que prenaient les événements, me proposa d'aller dîner. Ou plutôt c'est moi qui l'emmenai. En entrant chez Mivami rue des Rosiers, je fus assaillie d'odeurs au point que la tête me tourna. Je dévorai le bifteck sur lequel j'avais préalablement déversé la moitié du pot de moutarde devant mon ami incrédule. Je savourai le goût des frites trempées dans l'huile d'arachide. Je humais les saveurs mélangées de cumin, clous de girofle, poivre et curcuma, je pouvais en décomposer les arômes. Ce restaurant, c'était une fête de tous les sens. Je sentais aussi les odeurs humaines, transpiration des serveurs, parfums dont je pouvais identifier la marque. Certaines fragrances m'enchantaient, d'autres au contraire me révulsaient.

Dès le lendemain, je décidai d'aller acheter un test de grossesse à la grande pharmacie de la rue des Archives. En entrant dans la boutique, je fus prise de panique. Au comptoir, il y avait un homme et une femme : je ne savais pas vers qui aller. Si je m'adressais à la femme, c'était pour avoir une connivence, mais je ne le souhaitais pas.

Mais si je m'adressais à l'homme, c'était tout de même gênant, pas très naturel. En plus, je le reconnaissais pour l'avoir vu l'autre nuit dans un bar du quartier. Je ne savais plus quoi dire. J'ai finalement opté pour la cure de vitamines, et je suis sortie en pestant contre moi-même, toujours en train de me noyer dans un verre d'eau.

Je suis entrée dans une deuxième pharmacie un peu plus loin, une petite boutique de la rue Vieille-du-Temple où il n'y avait qu'une femme d'une quarantaine d'années, donc pas de débat possible. Pour conjurer le sort, j'ai fini par acheter deux tests. Pour conjurer le même sort, j'avais rendez-vous le soir mais ce n'était pas avec Nicolas. Et puis quel sort ? Je ne savais pas très bien ce que je voulais. Je ne savais plus, à vrai dire.

Mais voilà : le test était formel, j'étais enceinte. Je formai cette phrase sans trop y croire. Les mains trem-blantes, je contemplai le résultat, figée, stupéfaite. Je suis restée quelques instants sans rien faire, je voulais profiter de mon dernier moment de solitude. J'avais conscience qu'une page de ma vie était en train d'être tournée, même si je ne savais pas encore que c'était ma vie entière qui allait être ravagée.

Tout l'après-midi, je suis restée devant mon ordina-teur, incapable de travailler sur l'article philosophique que j'étais censée écrire sur « la question de l'autre de Husserl à Merleau-Ponty ».

Incapable de me concentrer sur ma thèse, ni sur quoi que ce soit d'autre, en proie à une excitation intense venue du fond de moi, choquée par ce qui était en train de se passer, et plus anesthésiée par l'ampleur de l'évé-nement que par la joie de la nouvelle. Seule avec moi-même, seule face à cette vie nouvelle. Etrange sentiment que quelque chose d'irréversible et d'im-mense allait se produire, dont je ne pouvais même pas commencer à envisager toutes les conséquences, même si j'en avais la sourde intuition.

Etre enceinte : oui, c'était proprement incroyable, phénoménal, c'était un grand vide, un grand creux en moi plus qu'un sentiment de plénitude, quelque chose qui m'emportait déjà loin de moi, loin de ma vie telle qu'elle était, telle que je l'avais conquise et décidée jusqu'alors. Quelque chose qui ne dépendait plus de moi. Mais cela m'appartenait encore pour quelques heures, quelques minutes peut-être, un secret pour moi seule, un vrai mystère, immense, beau, dévorant, étrange. Ce moment de l'annonciation était à la fois précieux et brûlant, car je voulais le dire et je ne le voulais pas, retenir encore un peu cette information, la garder juste pour moi.

Moment intense, inouï, de surprise absolue. J'avais une nouvelle, vieille comme le monde et pourtant toujours neuve, antique et futuriste. C'est la vie qui bascule, irréversiblement quoi qu'il advienne, c'est la vie qui avance, à une vitesse folle. Soudain, il se passait quelque chose d'incompréhensible, d'irréel, qui m'échappait.

Puis Nicolas m'a téléphoné, j'ai annulé mon autre rendez-vous, nous nous sommes retrouvés à L'Etoile manquante, rue Vieille-du-Temple ; avons commandé deux Mojitos. Je me suis levée pour aller aux toilettes. Dans une pénombre juste éclairée de minuscules ampoules au plafond, telles des étoiles dans la nuit, face à un grand miroir avec deux panneaux qui reflètent un décor de science-fiction approprié au phénomène, j'ai refait le test.

Pas de doute, c'était positif. Je me contemplai dans la glace, je regardai mon image reflétée, je me demandais si ça se voyait, si j'avais déjà grossi, vieilli, si j'étais différente. Mais non, c'était moi, l'image que me renvoyait le miroir, éclatée en deux reflets. Moi, dans la jeunesse encore, en deux petites images, en demi-teinte, en contradictions et en hésitations mais pourtant toujours la même... Tout ce que j'avais fait de moi, toutes les luttes que j'avais menées étaient là, avec désormais un grand point d'interrogation, une grande inconnue. Cette nouvelle double et mouvante, insaisissable, incontrôlable, cette plongée dans l'événementiel le plus trivial et le plus inouï.

Je me suis remis un peu de rouge à lèvres, j'ai pris le test, je suis sortie. J'ai eu honte, j'ai posé le test dans mon sac en jetant encore un dernier coup d'œil au « Plus ».

– Tu as oublié tes clefs ? me demanda Nicolas au bout d'un moment.

– Non, pourquoi ?

– Tu as perdu quelque chose ?

– Mais non !

– Pourquoi tu regardes tout le temps dans ton sac ?

– Parce que... parce que je le trouve beau.

– A l'intérieur ?

– Beau à l'intérieur, oui. Un peu comme toi.

– Tu es sûre que ça va ?

– Mais oui. Pourquoi ?

– Tu es enceinte, Barbara ?

– Quoi ! Comment as-tu deviné ?

– Pas très difficile : tu ne me donnes jamais rendez-vous à sept heures à L'Etoile manquante, tu disparais aux toilettes, tu réapparais vingt-cinq minutes plus tard la main dans le sac, tu n'arrêtes pas de le regarder en faisant semblant de t'intéresser à la conversation. C'est clair comme de l'eau de roche ton histoire. Alors, je t'emmène dîner à L'As du falafel ? Ou aux Philosophes ? Un verre de vin à La Belle Hortense ?

On s'est regardés, on s'est observés, comme si

c'était la première fois. J'avais le vertige. J'étais submergée, exaltée par cette nouvelle aventure comme lorsque nous étions sur la moto, poussée par le vent, avec la mer à notre gauche et l'horizon devant moi. J'étais charmée, par ses yeux, son sourire, l'odeur de sa peau, sa façon de marcher, sa personnalité.

Je pensais à ces neuf mois. Neuf mois de bonheur intense et sauvage, neuf mois d'allégresse et de profondeur, neuf mois passés à se caresser, à se regarder, à rêver, l'écouter, le palper, le sentir bouger, neuf mois sur un ventre, neuf mois ballottés d'attente, de moments partagés, neuf mois dérangés, lente progression vers la délivrance : neuf mois de naissance.

Tous les matins, j'avais la nausée. Je me réveillais avec un mal de tête terrible qui disparaissait comme par miracle lorsque je mangeais. Vomissement, acidité, reflux, asphyxie au moindre effort, petite fuite dès que j'éternuais. J'avais envie de pleurer, ou de rire sans raison, j'étais insomniaque, obsédée par la viande, et aussi les condiments. Je pouvais mettre de la moutarde partout : sur le saumon, la dorade, les légumes, et pourquoi pas les fruits. J'avais les sens en folie. Traverser la rue des Rosiers était un voyage parmi les odeurs de grillades, d'épices, de fleurs mélangées. Je me remplissais d'odeurs, je humais la moindre parcelle d'air à la recherche du parfum qui y flottait. Les tartes salées et gratinées tout en haut devant Le Loir dans la théière, les grillades épicées du côté de chez Mivami, les boulettes de falafel devant L'As du falafel, la friture de vieille huile devant Chez Marianne, les poulets grillés et les salades cuites de la boucherie André, les pains de chez Korkaz et ceux de chez Finkelstein, avec ces deux femmes qui parlent tout le temps polonais...

Tout changeait autour de moi. Je découvrais le monde à travers ses saveurs. Il y avait les bonnes et les mauvaises. Parfois des odeurs si fortes qu'elles me mettaient en colère. Le monde n'était que fragrances.

Les hommes sentaient la cigarette, l'après-rasage, le parfum, la sueur ; la transpiration fleurait le sel, le poivre, le cumin ; les femmes sentaient la crème de jour, le fond de teint, le rouge à lèvres, le déodorant, le savon ; le savon sentait la vanille, le lait de coco, les fleurs embaumaient le jasmin, la rose, l'ylang-ylang, chaque odeur était un abîme. Odeurs sucrées, veloutées, lourdes ; odeurs volatiles, indécises et d'autres immobiles ; odeurs humaines et odeurs animales, naturelles et synthétiques, proches et lointaines. Certaines sont uniques et restent comme le sillage d'une vie passée. Il est des odeurs symboliques qui ont un parfum de dépit, d'autres magiques dont le cœur s'emplit en même temps que le corps. L'odeur est un mouvement de l'âme. Elle est autant rejet qu'assentiment. Il y avait aussi des familles d'odeurs, des rapprochements possibles bien qu'incongrus entre le vin et le chocolat, la fleur d'oranger et le poisson, le rouget et l'Ajax...

J'étais habitée par un autre, un alien, un étranger qui modifiait mon corps et le dirigeait, un être qui avait ses goûts et ses désirs et qui me commandait de l'intérieur. Quelque chose en moi me transcendait. J'étais envahie par un sentiment d'existence tels certains mystiques par Dieu : le vivant dans leur chair autant que dans leur esprit. Pour Nicolas, c'était différent. Il continuait sa vie, se levait pour aller travailler le plus naturellement du monde. Il arriva en retard au rendez-vous chez le radiologue pour la première échographie. Mais en sortant, il me considéra, les larmes aux yeux, l'air bizarre. Il venait seulement de comprendre, en voyant le petit corps s'agiter sur l'écran, que quelque chose était en train de se produire dans sa vie, dans notre vie.

Pour moi, le plus dur était de s'arrêter de boire. Devant le regard soudain sourcilleux de mon compagnon, il était impossible d'absorber ne serait-ce qu'une goutte d'alcool sous peine de culpabilisation et de mortification extrêmes.

Finis les fous rires pour un rien, les grandes envolées que l'alcool suscite, l'état d'apesanteur si agréable après le troisième verre de champagne, le sentiment de planer au-dessus du monde en étant touchée par la grâce. Je tentai de remplacer l'alcool par autre chose : du Canada dry, de la bière sans alcool, des jus de carottes, mais non, rien n'y faisait.

L'impératif catégorique s'abattit sur moi, aussi tranchant qu'un couperet. J'étais responsable d'un autre que moi.

Tous les jours, je regardais mon corps devant le miroir. Ce corps qui changeait, qui grossissait à vue d'œil. J'étais empêtrée à l'intérieur de ce nouvel espace. Je ne me sentais pas en forme. Je dormais. Je dormais même tout le temps, à cause de l'hormone d'endormissement qui accompagne la grossesse.

Lors d'une séance de préparation à la naissance, à l'hôpital, je me retrouvai avec une quinzaine de femmes enceintes en train de faire la respiration « du petit chien », à me demander si nous étions encore des humains, ou bien un troupeau. C'était si humiliant de se retrouver ensemble, de voir l'autre comme un miroir déformant, que je suis partie, paniquée, avant la fin de la séance. Dans la rue, tout tournait autour de moi. D'être pareille à toutes ces femmes enceintes, de rentrer dans ce moule préétabli de la vie qui avance, d'être obligée de préparer mon accouchement si je voulais que tout se passe bien, de faire tout comme il faut car on ne pouvait pas être légère avec ces choses-là, me donnait le vertige.

Le regard des hommes avait changé sur moi. C'était un regard vide qui passait sans désir, ou encore curieux ou condescendant, parfois aussi vaguement dégoûté.

En quelques semaines, mon corps s'est déformé, mes muscles ont fondu à vue de nez et cette saleté de cellulite a gagné du terrain d'une façon particulièrement sournoise. Un corps à la dérive. Mon objectif changea : ce n'était plus de ressembler à Cameron Diaz dans *Drôles de Dames I* mais de ressembler à Audrey Marney enceinte sur la couverture de *Elle* : il n'y avait que le ventre qui dépassait, tout le reste était mince.

Je devins la seule femme enceinte à être au régime. Mon calcul était le suivant : le bébé puise dans les réserves de sa mère pour se nourrir, c'est pour cette raison que les femmes stockent du gras, pour nourrir les bébés en cas de besoin, tout cela pour la survie de l'espèce. Or, si je ne mangeais pas beaucoup, le bébé allait dévorer toutes mes réserves de graisse tel le ténia et donc j'allais maigrir.

Neuf mois à regarder un corps qui évolue contre tous les parangons de la société... Heureusement, il y a Demi Moore. Les femmes ne remercieront jamais assez l'actrice américaine de ce qu'elle a fait pour elles. Elle est allée aussi loin que Simone de Beauvoir dans la libération des femmes. Elle les a libérées de la honte de la grossesse. Le ventre est devenu un accessoire. Après la Une de *Vanity Fair*, rien ne fut comme avant. Demi Moore posait nue enceinte avec son appendice de huit mois et le titre : « More Demi Moore ». On voulait y croire à cette libération. C'était donc beau, une femme enceinte. Par la magie de la communication, c'était montrable et même gracieux.

Malheureusement, quelques années plus tard, elle divorçait de Bruce Willis pour se retrouver avec un jeune acteur de 22 ans. A 40 ans, la voilà en maillot de bain dans *Drôles de Dames II*, un corps parfait, plus parfait que jamais. Less Demi Moore. Il fallait être mince à nouveau, mince au point de disparaître derrière un pylône comme dans la publicité pour les yaourts Silhouette.

Bien entendu, il m'était difficile de travailler dans ces conditions. Tout cela occupait fortement mon esprit. Je ne pouvais m'empêcher d'y penser. Plus les jours avançaient et plus j'étais invalide. Je m'essouf-flais en montant l'escalier. Je me posais lourdement sur les canapés.

Je n'avais pas renoncé à la moto ; Nicolas m'emme-nait toujours derrière lui en conduisant prudemment. Au cinquième mois, après m'avoir considérée avec curiosité, j'entendis Nicolas me dire, l'air gêné, en époussetant le siège de cuir :

– Cette fois c'est fini, mon cœur. Dorénavant, tu prendras la voiture.

Je hélai un taxi. Je me retrouvai sur le siège arrière d'un véhicule qui empestait le tabac. Je voulus ouvrir la fenêtre, mais le chauffeur m'interdit de le faire, à quoi je répondis : « D'accord, mais c'est à vos risques et périls. » L'homme s'arrêta brutalement en me hur-lant de sortir.

J'étais là, sur la chaussée, à marcher vers le lieu du rendez-vous. Je me dis que c'était un tournant. Pourquoi étais-je en train de marcher seule dans la nuit ? Que faisais-je dans cette ville, dans ce pays où l'on paie pour se faire insulter ? Quel sens cela avait-il de faire naître un enfant dans ce monde minable ?

Heureusement, il y avait les nuits ; depuis que j'étais enceinte, je ne pensais plus qu'à l'amour. Il en allait ainsi comme des odeurs et des saveurs. Tout me semblait plus fort, plus intense, plus beau. Voluptueuse, exaltée, j'étais irrésistible, ou du moins je le pensais. Car les hommes ne regardent pas les femmes enceintes de cette façon-là. S'ils savaient, s'ils savaient ce qui se passe dans le corps d'une femme enceinte, l'énorme éblouissement hormonal qui confère une féminité débordante, c'est sûr, ils nous regarderaient d'un autre œil. Au neuvième mois, les sens en folie, les hormones au climax, j'étais épanouie. Je me sentais bien mieux que je ne l'avais jamais été, au sommet de ma sensualité. Comme si j'étais enfin moi-même, comme si toutes les barrières, toutes les censures, toutes les inhibitions étaient tombées. J'étais grosse, certes, mais à l'intérieur, j'étais une forme absolue, épurée de moi-même.

Nicolas me regardait avec effroi, avec circonspection, avec adoration. Alors que je me consumais de désir et de concupiscence pour lui et pour le genre masculin en général, il me respectait. Il était fier de cette aventure mais il n'était pas dans le même état que moi. Pour lui, j'étais deux ; j'étais mère ; j'étais femme enceinte. Je n'étais plus maîtresse. Au fur et à mesure que mon ventre s'arrondissait, son regard s'attendrissait. La distance s'installa entre nous, de jour en jour subtilement, sans faire de bruit.

Comme moi il attendait. Depuis plusieurs mois d'ailleurs, je ne faisais qu'attendre. Je restais chez moi, les bras croisés. Je faisais les courses sur Internet. Je mangeais. Je dormais. Je rêvassais en chien de fusil, la main sur le ventre. Je tentais d'imaginer l'enfant, et notre vie ensemble dans notre petit cocon à trois. Je voyais le bébé rose dans son couffin, nos deux têtes penchées sur le chérubin... Je pensais au moment où j'allais dormir avec lui, tous les deux dans notre lit, retrouver l'unité perdue de nos corps embrassés dans l'étreinte de la vie. J'attendais la vie. J'ignorais alors qu'elle rimait avec anarchie.

A J – 3, on a décidé qu'il était temps.

Oui, il était temps d'aller chez Sauvel Natal.

Sauvel Natal est un monde en soi. C'est un temple du bébé. Un supermarché pour chérubins, un endroit où l'on trouve tout ce qu'il faut à un prix intéressant. Il nous fallait rapidement un lit. C'est là que j'ai commencé à comprendre que le nouveau-né est une industrie, et que beaucoup de monde vit sur son petit ventre dodu.

On est entrés dans cet univers irréel où se trouvaient des milliers de hochets, couches, layettes, biberons, tire-lait, soutiens-gorge d'allaitement, coupelles d'allaitement, thermomètres, stérilisateurs, chauffe-biberons, ainsi que des landaus, berceaux, coques en tout genre, et des lits, une kyrielle de lits pour bébé. Une jeune femme à l'air très concentré derrière ses petites lunettes rectangulaires nous accueillit d'un air important.

Au bout d'une heure d'explications sur les différentes marques, nous avons fini par prendre le lit à barreaux, le couffin et le parc, puis sur les conseils de la vendeuse, nous sommes passés à l'achat d'une coque pour transporter l'enfant.

– Alors, dit cette dernière qui ne nous lâchait plus d'un pas, vous pouvez prendre le transat, mais il ne faut pas que votre enfant y reste plus de trois heures, sinon c'est très mauvais pour sa colonne vertébrale, il risque d'avoir de graves problèmes de dos plus tard, type scoliose ou pire.

En ce qui concerne les poussettes, il y avait la Pliko de Peg Perego, un modèle avantageux au point de vue qualité-prix mais les couleurs disponibles étaient le beige et le kaki. On pouvait aussi opter pour une poussette bébé-confort châssis Elite ! Mais pour ce qui est du pliage et de l'encombrement, hélas, la Elite est nettement moins bien que la Loola.

Sinon chez BBC, la Activ a un pliage extrêmement pratique mais uniquement avec une dormi-coque et pas de nacelle.

On pouvait aussi prendre la coque Créatis et la Windoo sur la Urban ou Activ, à condition de n'y mettre qu'une dormi-coque car le châssis est trop léger. Dommage, sinon, la Carrera a un pliage très pratique.

J'hésitais. Sauvel Natal, c'est une sorte d'enfer pour les indécises pathologiques telles que moi qui passent leur temps à changer d'avis. En plus, il n'y avait que des femmes enceintes dans cet endroit. On avait l'impression qu'elles allaient accoucher d'un moment à l'autre. Elles emplissaient avec ravissement leur caddie de bodies premier âge, de thermomètres de bain, de bavoirs et autres items « indispensables pour les nouveau-nés ».

Au bout de trois heures, harassés, stressés, sur le point de nous disputer, nous partîmes avec : un lit à barreaux, un parc, un moïse, un Maxi-cosy, un transat, un landau, une poussette Pliko de Peg Perego, un lit-parapluie, un porte-bébé kangourou et un porte-bébé bandoulière parce que ce dernier était meilleur pour le dos du bébé, mais il ne s'utilisait qu'à partir de huit mois. Tout cela pour un poids plume de trois kilos...

Cette année-là, j'ai vainement tenté de me concentrer sur ma thèse. Je n'avais plus de goût pour la philosophie depuis que j'étais devenue un corps. J'avais beau lutter contre cet état, me dire que tout le problème des femmes vient du fait que les hommes ont exercé de tout temps un contrôle sur leur corps et particulièrement sur leur capacité procréatrice – ce qui a mené à la confusion propre à la philosophie occidentale entre les femmes et le corps –, j'étais submergée par ma propre corporalité. En lisant les livres de l'auteur du *Deuxième Sexe*, je m'étais libérée de mes chaînes. On ne naît pas femme, on le devient. Les femmes doivent travailler et s'assumer comme les hommes. Il n'y a pas de raison pour qu'une femme soit cantonnée à élever des enfants au foyer.

Puis j'avais lu Elisabeth Badinter. On ne naît pas mère, on le devient. Tout est construit par la société, même la maternité. Au XVIIe siècle, les femmes envoyaient leurs nourrissons à la campagne chez la nourrice jusqu'à ce qu'ils reviennent à un âge présentable. Ce n'est qu'avec Rousseau qu'on a commencé à s'intéresser au bébé et à l'allaitement, bien tardivement... Le bébé est une invention de la modernité, il a surgi avec les couches et le savon spécial bébé. Il est devenu force économique en même temps que force psychologique. Une femme peut tout à fait s'accomplir sans avoir d'enfant : l'instinct maternel est un mythe moderne.

J'avais peur. Je n'avais pas la fibre maternelle. Je n'avais jamais fantasmé d'être enceinte. Je ne l'avais jamais imaginé. Je ne m'étais jamais intéressée aux bébés ; quant aux enfants, je ne les aimais pas particulièrement. Tout ce qui avait trait au monde de l'enfance, je le trouvais bête et ennuyeux. Même quand j'étais enfant moi-même, je n'avais qu'une hâte : en sortir le plus vite possible. Comment allais-je faire ?

Je faisais des tentatives pour me concentrer et parvenir à penser à autre chose, mais j'en étais bien incapable depuis que j'avais commencé à sentir le bébé bouger dans mon ventre. De plus en plus lourde, je n'aspirais qu'à rester chez moi, enfoncée dans mon fauteuil jusqu'aux coudes, les pieds surélevés sur la table, en étudiant compulsivement *J'attends un enfant*, le chef-d'œuvre de Laurence Pernoud. J'avais récupéré celui de ma mère, car Laurence Pernoud sévissait déjà à cette époque : à croire qu'à défaut de trouver le secret de la maternité, elle avait trouvé celui de l'éternité.

Ainsi, au lieu de faire ma thèse, je me lançai dans une étude comparée du Laurence Pernoud de 1970 et de l'édition de 2000. Dans les deux il y avait les mêmes conseils utiles pour les futures mamans, ainsi que de vifs encouragements : c'est merveilleux vous avez un enfant ! votre vie va changer ! votre couple va sombrer mais tout va pour le mieux, car il y a un chapitre sur « attendre un enfant seule ». Vous allez vous faire licencier, lisez le chapitre sur vos droits en tant que femme enceinte ; vous allez avoir des nausées, on n'y peut rien ; vous allez avoir des douleurs terribles mais il y a la péridurale et pour celles qui ne la veulent pas, consultez le chapitre sur l'accouchement naturel ! C'est tellement merveilleux d'avoir un enfant ! Votre petit bout de chou va bientôt sortir et vous allez l'aimer très fort car c'est la chose la plus belle qui vous soit jamais arrivée !

Avec de nombreuses informations sur les questions qui brûlent les lèvres de la femme enceinte : Quand dois-je aller à la maternité ? Que dois-je emporter ? Combien de justaucorps, de bavoirs, de petits bonnets, de soutiens-gorge et chemises de nuit ? Est-ce que mon mari doit assister à l'accouchement ? Dois-je faire la péridurale ? etc. Le vade-mecum de la femme enceinte qui veut survivre en milieu urbain. Cependant, je notai que la Laurence Pernoud de 1967 était bien plus libérale que celle de 2000. Avec la cigarette d'abord ; en 1967, on pouvait fumer enceinte, cela ne posait pas de problème éthique ; en 2000, c'est un crime contre l'humanité.

Cela faisait plusieurs semaines que j'étais insomniaque pendant que Nicolas dormait à poings fermés. Je me demandais comment il faisait pour être aussi peu angoissé. Pendant mes nuits blanches, je n'arrêtais pas de penser à l'enfant qui allait naître, à me poser des questions, à m'effrayer de ce changement de vie. Nicolas semblait prendre les choses avec une insouciance déconcertante.

Lors de ma dernière visite chez le gynécologue, j'avais vu un jeune couple qui sortait de l'hôpital avec un couffin dans lequel reposait un minuscule bébé. Ils avaient l'air heureux avec leur précieux fardeau. Ils étaient minces, beaux, vêtus d'habits chics dans le style Max Mara, ils se dirigeaient avec élégance vers leur Renault Espace. Voilà qui était nettement réconfortant. On pouvait donc repartir contents dans une belle voiture solide transportant un chérubin endormi avec un sourire béat.

La nuit, dans mes insomnies, je laissais ma souris errer sur les forums de mamans. Il y en avait tellement que je ne savais pas sur lequel j'allais intervenir. *www.bebe-zone.com*, le site des mamans de msn, comportait une partie de casting de bébés, dans lequel je pus voir des bébés photographiés par leur maman. Il y avait des bébés en robe du soir, des bébés en maillot de bain avec des lunettes Chanel, des bébés en nuisette, robes de plage, bref des bébés mannequins chosifiés par leur maman qui tentait d'en tirer quelque argent, ou peut-être de lui faire porter le poids d'une vocation ratée. Certains avaient déjà des traits d'adulte, d'autres, chauves avec une tête surdimensionnée, offraient un sourire édenté, tels des petits vieux ou des cinquante-naires avec leur poitrine tombant sur leur bedaine. Il fallait se rendre à l'évidence : les bébés ne sont pas beaux.

Puis je tentai *www.mamanaparis.com*, pour les mères qui habitent en région parisienne, car elles ont besoin de conseils spécifiques... Au bout d'un moment, trop angoissée par tous ces problèmes de garde et de sorties, je me décidai pour le forum de *www.maman.fr*, car il abordait franchement toutes les questions que les e-mamans se posent, dans le forum appelé le « Club des baleines ». C'est ainsi que j'appris un nombre considérable de choses sur ce qui m'attendait dans cette aventure.

Notamment : les personnages clefs de cette histoire possèdent des noms de code dans les forums. Ils ont beau changer de visage, ce sont toujours les mêmes : la sage-femme, dite « SF », le gynécologue, dit « gygy », la belle-mère, dite « BM », le mari ou encore le « zom ».

Je suis dans la salle d'accouchement.

Le moment fatidique arrive mais Nicolas n'est pas là. La sage-femme est jeune, elle a les yeux bleus délavés, et semble infiniment lasse. Elle m'installe sur la table d'accouchement. La pièce est jaune. Moi aussi. Je suis paniquée à l'idée d'accoucher seule sans mon compagnon. La sage-femme place le monitoring qui enregistre la fréquence des contractions. J'enlève le bracelet de l'engin. Je me lève de la table d'accouchement. Je descends l'escalier de la maternité, avec ma robe blanche ouverte dans le dos. Soudain, je regarde autour de moi. Là, dehors c'est la Cour des Miracles. Il y a une dizaine de femmes qui sont en pleines contractions en train d'attendre un lit. Je rentre bien vite dans la salle d'accouchement.

Je me tords dans tous les sens pendant que la sage-femme me regarde, l'air excédé, comme si j'étais très douillette. Enfin l'anesthésiste arrive. Elle aussi paraît épuisée. Elle me dit de ne pas faire de mouvement. Je bouge car j'ai une peur panique des piqûres. Je m'accroche à la sage-femme qui m'annonce qu'elle préfère que je ne la touche pas. Elle prend un air dégoûté. Après, l'anesthésiste me tend une petite pompe. Je la questionne sur la nature de cet objet. Elle

s'offusque parce que je n'ai pas été au cours de péridurale. Par conséquent, elle refuse de m'expliquer quoi
que ce soit.

La pompe sert à rajouter de l'anesthésique après
l'injection de la dose-test. Mais comme je ne le sais
pas, je ne l'actionne pas, si bien que je hurle sauvage-
ment. Douleur insupportable, inouïe, féroce. Douleur
lancinante, ravageante, fulgurante. Douleur de l'enfan-
tement, douleur de l'enfance. Douleur passagère et
éternelle, originaire, atroce et noble. Je suis un néant.
Je ne suis que spasme et convulsion. Je n'ai plus
aucune idée du temps, ni de ce qui se passe, ni pourquoi
je suis ici. Je perds la tête. Je ne pense pas accoucher.
La femme est ainsi, alors ? Après avoir porté l'enfant
pendant neuf mois, elle doit souffrir davantage pour le
mettre au jour ? Je pense à Eve au paradis, me demandant pourquoi elle a commis cette faute de manger le
fruit tabou. Elle aurait pu penser à nous toutes. Et
pourquoi une telle punition ? Est-ce bien raisonnable
de souffrir autant ?

A présent, je comprends l'importance du mythe fondateur. Je suis touchée que les rédacteurs de la Bible
aient eu une pensée pour nous les femmes. Je me dis
que ces hommes ont dû assister à ce calvaire. Ils ont
imaginé toute l'affaire pour justifier, expliquer, donner
un sens quelconque à cette douleur. Pour cela, ils ont
écrit rien de moins que la Genèse. Pour encourager les
femmes à se reproduire, malgré tout. La sollicitude de
l'élohiste me touche. Tu accouches dans la douleur car
tu as mangé de l'arbre. Tu voulais être comme Dieu
mais te voilà dans ta condition de mortelle, en train de
te rouler par terre alors que tu te croyais éternelle. Tu
te prenais pour Dieu, tu te croyais éternelle, irréelle,
spirituelle. Le serpent te flattait. Tu y as cru, l'espace
d'un instant. Désormais, tu sais qui tu es : une femme.

Je suis préoccupée par une idée absurde : on parle beaucoup des souffrances de Jésus mais pas du tout de celles de Marie. Dans mes insomnies, je suis tombée sur le documentaire d'un accouchement dans un pays d'Afrique. La femme n'a pas poussé un cri, pas un son n'est sorti de sa bouche, ni de celle du bébé non plus, qu'il a fallu ranimer en lui faisant du bouche-à-bouche. Peut-être est-ce ainsi que Marie a accouché. Mais comment les femmes faisaient-elles avant la péridurale ?

Et comment a fait ma mère ? Pourquoi ne m'a-t-elle rien dit ? Pourquoi personne ne m'a expliqué ?

Il y a plusieurs débats chez les femmes enceintes : péridurale ou non, allaitement ou biberon, connaissance ou non du sexe de l'enfant, amniocentèse ou non. Ce sont les grands débats des femmes enceintes. Ils se résument à une question : malédiction ou non ? En finir ou pas ? Certaines femmes comme les hommes se jettent dans le travail, sans savoir que c'est une malédiction. Mais les femmes après leur libération ont endossé la malédiction de l'homme en plus de la leur : elles se sont mises à travailler en plus d'accoucher. Les femmes, nous sommes honnies, naturellement et culturellement maudites.

Plus tard, tout s'est effacé de ma mémoire comme par magie. Intellectuellement, je sais que cela faisait très mal, mais psychologiquement, c'est comme si je n'avais rien ressenti. Comme si ce n'était pas à mon corps que cela était arrivé, mais à une autre qui me l'aurait raconté. Je pense que c'est la raison pour laquelle les femmes n'en parlent pas, ou sont gênées, et c'est aussi la raison pour laquelle elles peuvent avoir plusieurs enfants alors que, sur le moment, cela paraît impossible. Tout s'efface ! Il doit y avoir un programme dans le cerveau qui supprime le souvenir de la douleur de l'accouchement. Chaque fois que j'essaie de revenir sur ce ressenti, la mémoire résiste. Les traces s'estompent quand je les convoque. Pire même : au fur et à mesure que le temps passe, j'y pense comme à une souffrance agréable. A un moment difficile mais plaisant. J'ai une certaine nostalgie des contractions d'avant la naissance. Intellectuellement, je sais que c'était dur. Psychologiquement, j'en garde un souvenir ému.

Je suis en train d'accoucher. J'entends un pas derrière moi, une respiration. Nicolas. C'est ainsi : on commence à être amoureux et on termine les pieds dans les étriers. On a peur d'éternuer devant l'autre, et on est là devant lui les jambes écartées, avec le sang qui coule, le sexe béant dans le grand traumatisme de la naissance. Une erreur monumentale, me dis-je, je suis en train de commettre une erreur monumentale.

C'est Nicolas qui avait choisi l'hôpital Notre-Dame-du-Bon-Secours (c'est peut-être pour cette raison que je pense tout le temps à cette pauvre Marie) parce que son ami Marc y travaille, en tant qu'obstétricien.

Marc est là, à côté de Nicolas. Comme je gémis, ce dernier a appuyé sur la fameuse pompe, si bien que j'ai le bas du corps totalement insensibilisé. La péridurale c'est un très grand progrès de l'humanité. C'est un pied de nez à Dieu qui a puni Eve. En une minute, je passe de l'enfer au paradis.

Soudain, mon compagnon sort de la salle en courant. Puis un fracas : il vient de tomber évanoui. L'équipe soignante me délaisse pour s'occuper de lui. Plus tard, j'apprendrai qu'on avait pratiqué sur moi une épisiotomie pour laisser passer l'enfant.

Qui est là, sur mon ventre, de dos.

Le gynécologue dit à la sage-femme de faire revenir

le père. Il apparaît, hagard. Il est choqué. En dépit de ce qu'avance Laurence Pernoud version 2000, c'est une mauvaise idée de faire participer les compagnons à l'accouchement, conformément à ce qu'affirme Laurence Pernoud de 1970. Je n'ai rien vu puisqu'il y avait un drap qui cachait tout. Mais lui a l'air aussi épouvanté que s'il venait de sortir d'un film d'horreur avec pour actrice principale sa femme. Il est hébété. Les hommes sont de faibles choses. Ils sont trop sensibles. Ils n'ont pas connu les menstruations, les nausées, la grossesse, l'accouchement, l'épisiotomie. Les hommes sont des femmes heureuses.

Nicolas regarde le bébé sur mon ventre. C'est alors seulement qu'il se met à sourire. Je ne vois toujours pas le visage du chérubin – qui loin du bébé rose et souriant auquel je m'attendais présente toutes les caractéristiques du singe : poilu, sale, dégoulinant de graisse et de sécrétions, rouge et violacé, peu attirant.

Ils l'emmènent, je n'ai que la vision des deux petites fesses poilues posées sur mon ventre.

Je suis seule, dans la salle d'accouchement, pendant plus de deux heures. Je veux voir l'enfant. C'est impossible car j'ai de la fièvre. Nicolas est parti avec les fesses et les sages-femmes très affairées.

Chacun a vécu cela pour lui, et chacun en est sorti seul, séparé. Je sais déjà qu'il y a l'avant et l'après. Lui, d'avoir vu ce qu'il n'aurait pas dû voir. Moi de l'avoir vu ne pas supporter de voir. Moi, dans la honte de la nudité absolue de l'accouchement. Lui, dans l'horreur de la révélation du mystère de la vie.

La vie est un chaos dans lequel certains s'évertuent à mettre un peu d'ordre : les seuls qui n'ont pas peur du corps, qui n'ont pas la vie en horreur s'appellent les médecins. Les autres mortels se réfugient dans l'illusion que la vie est spirituelle et que la naissance est amour.

Marc a suggéré que Nicolas regarde l'épisiotomie, mais ce dernier a eu la sagesse de perdre connaissance.

Marc insiste auprès de moi pour que j'admire dans le miroir le travail de couture sur mon vagin.

Dans un accouchement, on vous déchire à l'intérieur et on vous recoud avec du fil et une aiguille.

Nicolas était parti car les visites sont interdites après 22 heures. J'étais seule. Seule avec mon épisiotomie, mon globe vésical et mon bébé.

J'avais mis au monde cette chose et maintenant qu'allais-je faire ? Le cordon ombilical était encore rouge, mouillé, sanglant. C'était la trace, la seule qui prouvait qu'elle était là, dans mon ventre, alors même que cela paraissait incroyable. Je ne pouvais pas du tout toucher cet appendice sanglant. La puéricultrice m'avait montré comment faire les soins du cordon mais cela provoquait en moi une sorte d'effroi.

Nicolas... il aurait pu rester pour m'aider. Tout d'un coup, je me souvins que je ne pouvais même pas mettre une couche. J'ignorais également comment donner le bain. Je ne savais rien faire avec un bébé. C'était normal : je n'avais jamais appris. Je n'avais pas été aux cours. Je trouvais grotesques les poupons en plastique qu'il fallait plonger dans les mini-baignoires. Brusquement, je commençai à paniquer à l'idée que la petite allait se réveiller. J'étais seule. Dehors il faisait nuit. Tout était sombre, morne et vide. Avec ce bébé dans une chambre d'hôpital, je sentis tout le poids du désespoir s'abattre sur moi. Comme un découragement à l'idée de ce qui allait suivre, une tristesse abyssale.

C'est à ce moment que les effets de l'anesthésie ont disparu. La douleur s'est réveillée. J'avais bu, mais il m'était impossible d'uriner à cause de l'anesthésie. J'étais déchirée à l'intérieur, je ne pouvais plus me lever.

Première nuit avec mon bébé, joue contre joue, deux arrachées, deux déchirées, qui se sont blessées l'une l'autre, l'une en naissant et en sortant de l'autre, l'autre en la retenant malgré elle. Chacune d'elles s'est fait du mal, et à présent il faut se réconcilier et s'aimer. Elles sont dans la même galère, dans le même radeau, compagnes d'infortune, elles sont toutes les deux au monde, et il leur faut se débrouiller avec cela.

Il fallait s'aimer quand même et vivre. Dans le lit, elle et moi, on était deux femelles, et je voulais être comme un animal dans sa tanière, la lécher et que ma petite me lèche. Je voulais qu'il en soit ainsi, deux animaux dans un lit, pas du tout civilisés. J'étais incapable de me nettoyer et me soigner comme j'aurais dû le faire, et tout aussi incapable de la laver malgré les injonctions des puéricultrices ; je ne pouvais pas me lever, j'étais déchirée, je saignais, alors j'aurais voulu qu'on ne nous lave ni l'une ni l'autre ; qu'on nous laisse et que nous restions ensemble dans notre sale condition d'humains, à nous réparer, puisque c'était la seule chose que nous puissions faire.

Je resterais à jamais fixée sur l'image de ce bébé tétant mon doigt dans une extase qui n'était autre que de la faim.

Pour la première fois, je la nourris de moi, je lui donnai mon corps à manger, l'Eucharistie sacrée, je lui donnai mon cœur à manger, mais je ne l'aimais pas encore. J'étais timide, elle était une inconnue pour moi, intime inconnue sortie de moi et qui n'était déjà plus moi, je lui donnais ce que j'étais et ce que je n'étais

48

pas. J'étais jalouse d'elle, j'étais vieille, dépitée, cassée, fatiguée, ma vie était derrière moi, et la petite exubérante dans sa force, sa toute nouvelle vigueur faisait de moi son passé, le passé. J'étais dépassée par elle, je lui avais tout donné, je ne savais pas encore si j'allais l'aimer. Et si je ne l'aimais pas ? Et au nom de quoi l'aimerais-je ? Peut-être n'allais-je pas du tout m'entendre avec elle ? Il fallait que je la ramène à la maison, sous mon toit, chez moi, alors que je ne la connaissais même pas, alors que je l'avais déjà eue en moi pendant neuf mois.

La petite ouvrait les yeux et les refermait, étonnée au milieu de son désespoir, elle était là, soudain, jetée dans le monde alors qu'elle n'avait rien demandé, elle était là et elle n'avait que moi, et c'était moi qui allais tout lui expliquer. J'étais l'ange de la vie qui l'accueillait dans ce monde, que j'avais jugé assez beau finalement pour l'y faire venir.

Mais comment faire, alors que je naissais autant qu'elle ? J'étais sa mère et elle était la mienne. Je naissais à elle, je naissais au monde par elle, elle m'avait accouchée et j'en étais douloureuse, bouleversée, cabossée. Je naissais de la naissance de ma fille, éprouvée d'elle. C'était une aventure et nous allions la partager, nous étions condamnées à la vivre ensemble désormais.

Pour la première fois, je lui proposai le sein. C'était naturel, elle tétait. De ce geste ardent, j'eus comme un agacement. J'avais mal et elle, pleine de vie, voulait déjà prendre davantage de moi. Par elle, ma vie était derrière moi. La sienne venait d'éclore. Je lui en voulais de m'avoir fait si mal. En même temps, j'avais envie de la protéger, de la couver, de la couvrir comme un petit oisillon tombé de son nid.

Donc je donnai le sein à ma fille qui finalement s'avéra la meilleure puéricultrice. A ma grande stupéfaction, mon bébé de quatre heures savait parfaitement comment il fallait téter, et elle s'appliquait à le faire avec une force et une détermination phénoménales, les yeux rivés sur le téton, concentrés, la bouche voracement accrochée au mamelon, elle puisait dans le sein ce qu'il lui fallait pour vivre. Elle n'avait pas besoin d'explication. Elle n'avait pas besoin de mode d'emploi ni de cours. Elle marchait toute seule, sans notice... Elle avait l'air sage. Une petite sorcière qui avait tout compris du monde et de l'au-delà et qui revenait d'un très long voyage. Elle n'avait pas d'innocence. Elle était docte et déterminée. Son regard était profond, étrange, pénétrant. Il voulait dire quelque chose, livrer un secret essentiel sur Dieu, sur le monde, sur l'éternité, mais elle n'avait pas la parole pour le faire. Je n'en revenais pas. Qui lui avait dit ? Qui lui avait montré ? D'où savait-elle quelque chose que moi, sa mère, j'ignorais ? D'où venait-elle ?

C'était un matin radieux, on a préparé les affaires, on a transporté le berceau, le précieux fardeau, on est partis, on a pris l'ascenseur, on se regardait, on avait le cœur qui battait. On a quitté l'hôpital. Sur le seuil de la porte, j'étais triste : je n'étais plus moi, j'étais arrivée une, je rentrais deux. On était deux, on revenait trois.

Je m'effondrai sur mon lit. Je pensais au jeune couple que j'avais vu repartir avant mon accouchement. Combien de temps s'était écoulé depuis ce jour ? Cinq jours à peine et pourtant il me semblait que c'était l'éternité. Que d'événements. Quel événement. Un heureux événement, c'est ainsi qu'on l'appelle. En effet, quel bonheur de sortir, et quel malheur de sortir de l'hôpital, endroit confiné, en dehors du temps et en dehors du réel, théâtre de cet événement, de tous ces heureux événements. Sortir : non, ce n'était pas comme ce que j'avais imaginé. Engoncée dans mes culottes à filet, il m'était impossible de m'asseoir et de me tenir droite, et je pensais : lorsque nous nous sommes rencontrés, nous étions si prévenants et délicats dans notre romantisme, moi qui n'osais éternuer devant lui. Soudain, se retrouver loin des puéricultrices et des sages-femmes affairées, seuls à trois mais seuls à la maison qui était devenue la maison d'une famille : je regardai autour de moi, noyée dans mon désespoir d'être là, d'être de retour.

C'est Nicolas qui le premier fit la remarque : notre studio n'était pas adapté à notre nouvelle vie. Il était trop petit pour trois personnes. Le Rav Tordjmann de la librairie de la rue des Rosiers l'avait prévenu qu'un appartement s'était libéré à côté du leur. Un quatre-pièces. On pouvait l'avoir avant qu'il ne soit sur le marché, car il connaissait les propriétaires par son réseau Loubavitch. Cela nous éviterait la galère de chercher un appartement dans Paris. Constituer le dossier, déposer le dossier, chercher des cautions, ne pas obtenir l'appartement et, à nouveau, visiter... Mais si on voulait cet appartement, il fallait le retenir tout de suite. Cela voulait dire que nous devions gagner plus d'argent. Depuis de nombreuses années, Nicolas avait refusé toutes les propositions commerciales qui s'étaient présentées à lui. Mais cette liberté avait un prix : il n'était plus possible de continuer ainsi. C'était fini la vie de bohème.

On était partis jeunes, libres et fous, on revenait en famille. On ne serait plus jamais les mêmes. Je ne serais plus jamais la même. Jusqu'à sa naissance, j'avais été une personne qui se construisait peu à peu, à présent c'était fini. Désormais, j'étais vieille. C'était moi le passé. Je ne vivrais plus au jour le jour. J'étais responsable de quelqu'un d'autre que moi. Plus jamais je ne serais insouciante. Plus jamais je ne serais seule. Je n'irai plus à moto. Je ne sortirai plus le soir sans penser à celle qui m'attend. Et après, ce sera moi qui l'attendrai quand elle sortira. Désormais j'étais habitée. Je serai toujours rattachée à elle. J'avais mis au monde une enfant et cette enfant m'avait mise au monde. C'est elle qui avait accouché de moi. Un autre moi : lourd, conscient, désabusé. Qu'y avait-il à savoir de la vie quand on a donné la vie ? Je n'avais plus d'ambition personnelle, je n'en avais plus le temps, ma vie ne m'appartenait plus. Je n'étais plus qu'un creux, un vide, un néant. Désormais, j'étais mère.

Nous avons contemplé une dernière fois l'appartement, théâtre de notre rencontre. Il bruissait encore de nos étreintes, de nos serments, de nos rêves.

C'était fini. Fini le studio plein de fêtes et d'amis jusqu'à l'aube. On partait. J'avais conscience de quitter à jamais une période de notre vie, et que notre jeunesse et notre insouciance étaient révolues. J'ai regardé une dernière fois l'appartement jonché de cartons avec le sentiment d'une porte qui se fermait à jamais.

Nos nouveaux voisins de palier étaient à gauche les Tordjmann de la librairie, avec leurs dix enfants, et à droite, Jean-Mi et Domi, dont les deux enfants se prénommaient Chloé et Aglaïa, deux girafes en peluche. Jean-Mi et Domi tenaient en bas de l'immeuble une vidéothèque appelée « l'homo-nyme » décorée entièrement en peaux de léopard et en objets kitsch : des poupées Betty Boop, des animaux en plastique rose et des petits globes à tour Eiffel remplis de neige. Fous de cinéma, ils connaissaient le nom d'acteurs oubliés tels que Mylène Demongeot, Thérèse Lyotard, ou encore Pierre Cosso, qui a joué dans *La Boum* avec Sophie Marceau. Chaque fois qu'on les rencontrait, soit dans la vidéothèque, soit dans l'escalier, il fallait leur faire seize bises : quatre à chacun pour dire bonjour, quatre pour dire au revoir. Chez le Rav Tordjmann se réunissaient toutes les semaines pour étudier la Kabbale un rabbin fumeur de cigares, un psychanalyste-acteur, un galeriste, un ex-journaliste et tout un tas de personnages chapeautés. Ils étaient les seuls que nous voyions. Pour le reste, nous nous terrions dans notre appartement, abasourdis par les cris du bébé.

Soudain, des années d'individualisme réduites à néant. Le café qu'on réchauffe trois fois au micro-ondes, le tee-shirt qu'on enfile à la va-vite, le verre de café qui tombe après que l'enfant a été endormi, le café qui se répand et le bébé qui se réveille... La douche qui coule, dans laquelle on entre furtivement, avant de ressortir sans s'être savonnée parce que le bébé hurle. Lorsqu'il dormait, la vie reprenait son cours pour deux heures, et je me dépêchais pour accomplir toutes les tâches que je n'avais pas faites, factures, coups de téléphone, rangement, le plus gros défi de la journée étant de réussir à m'habiller avant midi.

Tout était allé si vite. Le bébé, le déménagement, le changement de travail... Pendant que la petite dormait, je défis mes cartons où il y avait toute ma vie. D'anciennes photos de vacances, d'anciennes lettres d'amoureux oubliés, des mots tendres. On vit sans s'en rendre compte et un beau jour, on vieillit. Les photos s'accumulent dans les cartons, avec les cartes postales et les billets d'avion utilisés. Et le temps qui avance, réduisant tout à néant, surplombant les êtres et les choses, superbe, impressionnant, le temps comme le véritable Dieu de l'homme, qui le crée et le réduit en poussière.

Dans un carton, il y avait mes vingt ans, et je les regardai sans nostalgie. J'étais alors beaucoup trop angoissée pour être heureuse. J'étais encore un bébé sous la coupe de sa mère. J'écoutais tout ce qu'elle disait, sans regard critique. Je ne faisais aucun choix dans ma vie qui était sous l'empire de la culpabilité. Sur les photos d'adolescence, je traînais mon mal de vivre. Grosse, avec mes lunettes rondes absurdes, je n'osais sourire de peur de montrer mon appareil dentaire. Je ressemblais à un bébé avec des joues et des yeux tristes.

A trente ans, comme j'avais changé. J'étais dans une forme olympique, musclée, amincie. Bien maquillée, bien coiffée, bien dans ma peau. La femme qui s'est enfin trouvée, qui savait ce qu'elle voulait et ne voulait pas, qui ne subissait plus sa vie mais la décidait. La femme qui dominait les hommes, et qui jouait avec eux. A trente ans, il n'y avait plus de photo avec ma mère car je ne la voyais plus. Je lui parlais au téléphone, de temps en temps. A la place je voyais ma psychanalyste que je payais pour me déculpabiliser de ne pas voir ma mère. Mais le résultat était là : je partais où je voulais, je travaillais, j'étais avec Nicolas, j'étais libre. Grâce à la psychanalyse et au féminisme, j'étais enfin moi-même. Je n'étais plus enchaînée, cadenassée par mon éducation rigide et ma culpabilité, ou simplement par le fait d'être femme.

Des photos de moi sur toutes les plages du monde, dans toutes les capitales. Des photos du Japon, du Vietnam, puis de l'Amérique. Ce fameux voyage en Italie, notre mythe fondateur qui connut notre naissance, et la Toscane, deux jeunes en fugue, sur une photo, il y avait un baiser.

Et Sienne sous le soleil déclinant d'une fin d'après-midi, Terre promise aux promis mais où étaient nos amours immenses ?

Elle est là, à côté de moi, endormie, douce, elle reçoit ses baisers comme je les recevais naguère, elle accepte ses caresses, elle est sa princesse comme je l'avais été, et je suis l'impératrice détrônée, la reine des amours partagées.

Il y avait des photos d'Afrique : lui et moi dans le grand enchantement, au bout du monde, il m'expliquait le ciel, m'apprenait la vie, il me fit découvrir la saveur de l'Afrique, les collines escarpées, les montagnes enneigées, la fleur de l'aube, le crépuscule enfiévré, les grands espaces, les silences et les bruits, les nuages, les étoiles infinies, il m'a emmenée dans les maisons comme un prince murmurant une chanson, dans les montagnes au bleu fixe sous la pluie, dans les broussailles de son Afrique, et le fleuve de notre amour était aussi grand que la mer.

Au fond d'un carton, traînait comme une relique une photo de nous à La Havane, devant l'hôtel Nacional. La chambre d'hôtel, l'un tout contre l'autre. Ce soir-là, devant la mer, douceur des regards, dans la chambre, que s'est-il passé, savions-nous que notre histoire allait vraiment commencer ?

Devant les verres qui grisent, les yeux et la voix, c'était une bise avant les bras, la douceur moite de ce soir d'été, une main posée sur une main, une bouche avancée vers ses lèvres, le cœur gonflé par la reconnaissance, au ciel azur de l'amour. La musique berçait l'ombre de ses pas, le ciel guidait le murmure de sa voix, et si un moment la pluie se lève, ce n'est qu'une toute petite trêve. Il y eut ce rire qu'on eut là-bas, c'était le rire du triomphe de l'amour. Le vent absolu de Cuba, la blancheur bleue de nos draps, la jeunesse triomphante, la conquête d'une nouvelle liberté, c'était le début de l'été. Par la peau tannée au soleil, par un bain corps à corps, par la mer chaude sous le ciel, par un parfait accord, par les nuits enfiévrées, les matins inlassables, par l'ardent voyage qu'est notre rencontre, je saluais le soleil qui était sur ma vie.

Mais les voyages finissent par se ressembler, il n'y a plus de terrain vierge. La terra incognita, c'était elle : notre enfant.

Je découvris la nouvelle personne qui allait partager ma vie. J'étais étonnée de la facilité et l'aisance avec lesquelles elle avait pris possession des lieux : elle s'était installée chez nous d'une façon naturelle comme si c'était chez elle. Ses affaires innombrables étaient éparpillées dans notre appartement, ses objets colorés dans le salon, les chambres, la salle de bains. Elle était chez elle partout. Elle salissait tout, elle exigeait une assistance personnalisée et ne faisait rien pour soulager ses hôtes, bien au contraire. Dès le premier jour, elle nous réduisit en esclavage.

Une nuit, je rêvai qu'une sous-locataire envahissait mon appartement. J'essayais de m'enfuir mais elle avait fermé la porte à clef avec un double verrou.

Elle. Après avoir hésité entre les trente mille noms proposés par Internet, nous avions décidé de l'appeler Léa. Léa selon le site *Magicmaman.com* était le prénom le plus donné en France aujourd'hui, mais qu'importe. Léa plaisait à Nicolas et moi, j'hésitais toujours avec les 29 999 autres prénoms proposés par la toile. Trouver un nom pour mon enfant : c'est définir un projet pour elle. Avec la mode des prénoms originaux, il fallait trouver un prénom banal pour être original ; par exemple, plus personne n'appelle sa fille

Nathalie ou Laurence. Mais tout le monde choisit Léa, Chloé ou Lou. Une syllabe, deux maximum. Efficace, pratique, économique. On voulait lui donner un nom original sans être grotesque, féminin sans être niais, beau sans être précieux, significatif sans être prétentieux, littéraire sans être fat.

Un prénom, c'est l'expression d'un désir, mais quel désir avions-nous pour cette enfant ?

Et d'abord, qui était-elle ?

Léa. Ce monstre d'égoïsme et d'indifférence, cette manipulatrice qui ne m'utilisait qu'à ses fins personnelles, cet être qui n'était obsédé que par sa propre survie sans jamais avoir aucune attention pour autrui, cette gloutonne mono-obsessionnelle n'avait qu'une idée dans la vie : manger. Elle ne vivait que pour la nourriture. A peine avait-elle absorbé son repas qu'elle avait déjà digéré, et il fallait remplir son ventre à nouveau. Tout le reste lui était égal. Sauf peut-être le pouvoir. Car elle aimait le pouvoir. Dès qu'elle le désirait, il fallait qu'on accoure sinon elle s'énervait. Et quand elle se mettait en colère, elle devenait toute bleue. Hystérique, maniaco-dépressive, schizophrène, elle avait tous les signes cliniques de la folie. Elle se réveillait la nuit en pleurant, elle était inconsolable. Le lendemain, elle était gaie, souriait, s'activait comme si de rien n'était avant d'entamer à nouveau une phase dépressive où plus rien n'allait. Elle était impatiente, tyrannique, ingrate, égoïste et égocentrique. Dépendante et pourtant désireuse de ne plus l'être, elle aimait se servir des autres. On aurait dit qu'elle s'évertuait tout entière à concourir à la survie de l'espèce qu'elle représentait. C'était l'humanité en elle qui hurlait qu'on s'occupe d'elle.

Et l'humanité est ainsi : après avoir assuré sa survie, elle ne vit que pour son plaisir. Au moins, elle connaissait son désir. De cela aussi j'étais jalouse, moi qui avais mis trente ans à savoir ce que je désirais. Elle savait ce qu'elle voulait, elle. Elle était une force sauvage de vie. Entière, elle exprimait les choses simplement, avec passion, ses décisions étaient sans appel. Elle savait aussi qu'il faut se battre et crier, hurler jusqu'à hoqueter pour avoir ce qu'on veut dans la vie jusqu'à ce qu'on l'obtienne. Et après, elle s'évanouissait de bonheur. Une fois qu'elle m'avait utilisée, elle me jetait comme un vieux mouchoir. Elle n'arrêtait pas de m'humilier. Elle me flattait en me faisant croire qu'elle avait besoin de moi puisque j'étais sa nourriture. Puis une fois qu'elle m'avait vidée, elle se reposait, les yeux révulsés, en proie à la pâmoison sans aucun signe de gratitude. J'étais son esclave, elle était mon maître.

En lisant Winnicott, j'avais appris qu'une mère sait reconnaître les pleurs de son bébé, et qu'il en existe sept types : la faim, le désir d'être changé, le désir d'être consolé, pleurs de fatigue, pleurs d'angoisse, coliques, et aussi pour s'endormir. Pour ma part, je ne reconnaissais rien du tout. Je tentais de la comprendre mais elle restait hermétique.

Je subissais mon sort. Lorsque je n'allaitais pas, ne langeais pas ou n'endormais pas, je consacrais ma vie à emménager. Je rangeais le salon envahi par des objets, des biberons, des tables à langer et des couches usagées. Je me battais avec les corps de métiers : France Télécom qui refusait de venir sous prétexte qu'on ne pouvait pas se garer dans le Marais, Auchandirect qui ne voulait pas livrer parce que nous habitions au quatrième étage sans ascenseur, Darty qui ne venait pas sans même invoquer de raison...

Mais il fallait bien meubler les quatre pièces de notre nouvel espace. Pour cela, en prenant le bébé dans les bras – car j'avais renoncé à utiliser la poussette-landau Pliko que je n'arrivais pas plus à plier qu'à déplier –, je partis au BHV. Là j'attendis une heure en passant d'un vendeur à un autre avec le bébé en bandoulière accroché à moi tel le koala pour qu'on daigne me parler. Je voulais seulement acheter un lit, mais personne ne semblait vouloir me le vendre. Soit les vendeurs étaient occupés, soit ils étaient partis déjeuner, soit ils n'étaient pas du bon rayon. Ce qui était simplement énervant, dans le quotidien ordinaire d'une Parisienne, devenait intolérable lorsqu'il y avait un bébé en plus. J'étais de plus en plus tendue, nerveuse, irritable.

Avec son père, c'était différent. La relation était gratuite puisqu'il ne la nourrissait pas. Et épisodique aussi. Car Nicolas n'était plus le même. Lorsqu'on avait déménagé, on avait parlé d'argent et de budget. On avait parlé de l'enfant, et tout ce qui va avec : Sauvel Natal, l'appartement... Cette conversation l'avait marqué. Il avait décidé de travailler plus, et d'une façon rentable. Il envisageait même de changer de travail et d'accepter une proposition qui lui avait été faite d'entrer dans une boîte de conseil. Mais où était le rebelle qui enfourchait son cheval d'acier et disait ne vouloir travailler que dans la passion de son métier ? Que l'important, c'était d'avoir envie d'aller au travail le matin ? Il partait de plus en plus tôt, prenait de nombreux rendez-vous, voyait des clients, faisait des budgets prévisionnels et cherchait des débouchés pour ce qu'il appelait désormais « ses produits ». C'était fini l'art pour l'art. Il partait tôt le matin, rentrait tard le soir, fatigué. A peine avait-il passé la porte d'entrée de la maison que je lui remettais le bébé dans les bras. Je m'endormais aussitôt, sans que nous ayons échangé un mot.

Tous les deux jours, je me rendais avec mon bébé sous le bras à ma séance de rééducation périnéale. Pour que ce soit plus pratique, au début, j'avais choisi la kinésithérapeute qui était le plus près de chez moi. Elle m'accueillit dans une pièce d'un petit appartement qui lui servait de cabinet, et tout en téléphonant, me fit signe de me déshabiller. Elle raccrocha, me plaça un objet contondant relié à un appareil électrique, qui présentait une ressemblance frappante avec un vibromasseur, me jeta un magazine avant de repartir vers son portable. En fait, il s'agissait d'une sonde, que l'on munit d'un préservatif et que l'on introduit dans le vagin. Cet objet mesure la durée et la force de la contraction qu'on veut lui imprimer. On couple cet exercice à une électrostimulation, pour provoquer artificiellement des contractions si les muscles sont trop relâchés. Au bout de quinze minutes d'exercices, la kinésithérapeute termina son coup de fil et annonça que la séance était finie.

Le surlendemain, pour la deuxième séance de rééducation périnéale, je décidai d'opter pour une autre praticienne qui se trouvait un peu plus loin mais elle était recommandée par ma sœur. Petite rousse à l'air dynamique, elle m'examina en me demandant de contracter le périnée. Je me rendis compte que je n'étais pas très au courant de l'existence de cet organe. Comme elle était passionnée par ce qu'elle faisait, elle me fit un dessin avec le périnée, soutenant l'urètre, l'utérus, les intestins.

Après quinze séances j'avais fait de sérieux progrès. Je commençais à me prendre de passion pour la discipline. Je pris dix séances supplémentaires car cela commençait à devenir valorisant de savoir aussi bien contracter son périnée.

A la seizième séance, la kinésithérapeute, me considérant l'air satisfait, me demanda si je travaillais en ce moment, car elle avait un travail à me proposer.

Il s'agissait d'être professeur de périnée. Elle trouvait que j'avais un périnée très tonique, et cela me faisait plaisir d'entendre cela. C'était le premier compliment qu'on me faisait sur mon physique depuis que j'avais accouché. Il me fallait aller dans une école de kinésithérapeutes et faire tester le périnée en force 1, 2, 3 et 4. Ce sont les élèves qui testent. Il faut bien qu'ils apprennent.

Je sortis, perplexe. J'étais philosophe avant. J'étais légère, j'étais amoureuse, j'étais innocente. Il y avait un certain nombre de choses que j'ignorais sur la vie.

Un beau matin, au petit déjeuner, un mois après l'accouchement, trois ans après notre rencontre, Nicolas et moi avons eu la conversation suivante :

– Elle fait ses nuits ! s'exclama Nicolas tout heureux.

– Elle fait ses nuits ? En tout cas il y en a un qui fait ses nuits dans cette maison et je peux te dire que ce n'est pas elle.

– Quoi ? Tu veux dire que je ne m'en occupe pas assez ?

– Non, mais moi pendant que tu dors, je passe ma nuit à l'allaiter, la changer et la bercer pour l'endormir.

– Je vais la changer, dit Nicolas en emportant la petite qui venait d'ouvrir ses grands yeux perpétuellement étonnés.

Il l'emporta et revint quelques minutes plus tard.

– Alors ? dis-je en préparant un café tiède pour pouvoir l'avaler d'un trait. C'était comment ?

– Enorme ! répondit Nicolas en tartinant du beurre d'une seule main sur un pain rassis tout en tenant dans l'autre une Léa somnolente.

– Vraiment.

– Non, je te dis : énorme ! Elle en avait jusqu'aux omoplates. J'ai dû lui donner un bain.

Mon compagnon avait gardé de la grossesse une sorte de petit ventre comme en réponse au mien. Je l'avais aimé distingué, rebelle, drôle, spirituel. Diablement romantique avec son blouson en cuir. Raffiné dans ses choix artistiques. Je le retrouvais avec un jean informe, grossi, les traits tirés, les yeux perdus dans le vague, ahuri devant ce qui venait de s'abattre sur lui.

Lorsque je ne pouvais pas me déplacer à cause de l'épisiotomie, je l'avais envoyé faire les courses : acheter les culottes filets, les serviettes spéciales accouchement, les pilules contre les hémorroïdes et autres fléaux qui menacent la jeune accouchée.

Ah ! il était loin le temps des charmantes embrassades et des grands serments d'amour. Est-ce que vraiment les seuls paradis sont les paradis que l'on a perdus ? Est-il possible de vivre une relation amoureuse au milieu des couches ? Est-il envisageable d'être amoureux lorsque l'on change son enfant et qu'on est englué dans la matérialité ? Mais pourquoi nous a-t-on inculqué depuis le début que l'amour devait être spirituel ? Que l'amour c'est Venise au bord de l'eau et non pas le père, la mère, l'enfant. Comment aimer toujours si l'on nous dit que l'amour est sacré mais la famille est sale ?

Darty, bien connu pour son service après-vente, fut la cause de la première brèche dans l'édifice chancelant de notre couple.

Dix semaines pour avoir les pièces manquantes de notre réfrigérateur familial, quant à la notice d'explication, en dépit de toutes les protestations, on ne put jamais l'obtenir. Au bout du vingt-cinquième appel, avec le bébé qui pleurait, au bord de la crise de nerfs, je décidai d'opter pour une solution radicale. C'est ainsi que j'eus l'idée de faire venir Darty le dimanche matin.

A huit heures, on peut dire que mon compagnon n'était pas content de voir arriver le Monsieur de chez Darty.

– Comment as-tu pu me faire une chose pareille ? dit-il en sautant dans un caleçon et dans son jean, tout ébouriffé.

J'étais scandalisée. C'était moi qui m'occupais de tout ici, j'étais devenue l'intendante de cette maison, et pour une fois qu'il devait régler un problème, il se plaignait.

– C'est vraiment pas gentil de me faire lever un dimanche à huit heures alors que tu sais que je travaille si dur.

– Et moi, je ne travaille pas dur, peut-être ? Non c'est vrai je ne fais rien parce que depuis que le bébé est né je ne fais simplement plus mon travail. Toi tu continues comme si de rien n'était mais moi, toutes mes journées se passent à la nourrir, la langer, la laver et lui faire faire son rot. Je n'ai plus le temps de faire mon métier. Entre le bébé et la maison je suis devenue une femme au foyer. Voilà ce que tu as fait de moi.

– N'exagère pas. C'est toi qui l'as voulu cet enfant non ?

– Quoi ! Mais tu es un monstre.

– C'est toi qui t'organises mal. Et puis c'est pas ma faute si tu as décidé de l'allaiter. C'est ta décision. Moi je ne t'ai forcée à rien.

– Oui bien sûr c'est ma faute si je veux ce qu'il y a de mieux pour le bébé... Ecoute, un accouchement, c'est épuisant. Je suis fatiguée. Tu comprends ?

– Je comprends. Je comprends que tu es en train de devenir folle. Darty le dimanche matin !

– Oui je deviens folle car tu n'es jamais là. Avant tu étais là. Depuis que nous avons le bébé, tu es tout le temps occupé par ton travail. C'est pas juste...

– Ce ne sont pas tes articles qui vont nous faire vivre ! Et certainement pas cette thèse que tu es censée finir depuis toujours.

– Ça c'est sûr que je ne vais pas la finir, puisque je m'occupe du foyer de Monsieur. Pendant que Monsieur va soi-disant travailler comme un fou pour gagner de l'argent. Ce sont des prétextes tout ça.

– Des prétextes ?

– Des prétextes pour partir, pour fuir la maison et échapper à l'enfer domestique.

– Pour moi il n'y a pas d'enfer domestique. Je suis heureux d'avoir un enfant.

– Evidemment, ce n'est pas toi qui t'en occupes.

– Tu en as marre de t'occuper de la petite ? C'est ça, hein ? Dis-le !

– Non, j'en ai pas marre... Enfin oui c'est ça, j'en ai marre.

– Très bien, dit Nicolas après un temps de réflexion. Ne t'en fais pas. J'ai la solution.

L'idée géniale qu'avait eue mon compagnon pour me soulager était de faire venir sa mère. Car il faut bien dire que ma mère n'était pas là. Incapable, elle, d'être présente lorsque sa fille accouche, car elle a fait sa part, elle ne peut pas revivre ce calvaire à travers ses filles, c'est pourquoi, pour chacune, elle est absente. Elle n'a aucune raison de subir deux fois des douleurs qu'elle a déjà endurées ; elle a raison de le refuser, après tout, comme je la comprends.

La belle-mère, elle, attendait patiemment. Elle attendait son heure en se frottant les mains.

– Comment va la petite Martha ? dit-elle en débarquant d'un air gaillard dans la maison avec le double de la clef que lui avait remis Nicolas.

J'étais avec le bébé dans le salon en train de l'allaiter. Léa fermait les yeux, extatique, en proie à l'une de ses fameuses torpeurs lorsque d'un geste vif la belle-mère arracha l'enfant du sein pour la coller contre elle. La petite ouvrit un œil étonné, le ferma puis huma la nouvelle odeur les narines dilatées avant de considérer l'aïeule d'un air outré, le sourcil relevé, les coins de la bouche baissés, prête à hurler devant la perspective de voir sa pitance s'éloigner.

– Rendez-la-moi, Edith, dis-je, il me semble qu'elle

a encore faim. Et puis, je vous ai déjà dit qu'elle ne s'appelle pas Martha.

– Pas du tout, il ne faut pas trop la nourrir sinon elle va avoir des maux d'estomac. Tenez, apportez-moi le bavoir, je vais lui faire faire son rot.

Je me levai, lui tendis le bavoir en ayant l'étrange impression d'être la grande sœur ou pire une mère porteuse qui avait accompli sa mission et qui passait le relais. Comme la petite hurlait toujours, je tendis les bras pour la reprendre mais la belle-mère, campant sur ses positions, s'agrippait à elle. On s'est retrouvées face à face, l'une tenant le haut du corps, l'autre le bas, au risque de la découper comme dans le jugement de Salomon, jusqu'au moment où la mère véritable (moi) céda.

Je la considérai avec l'impression, cette fois, d'être une lionne à qui on vient d'arracher son petit et prête à tuer.

– Elle a faim je vous dis.

– Oui, c'est sûr. Vous n'avez sans doute pas assez de lait. Vous feriez bien mieux de lui donner le biberon. Tenez-la une seconde je vais préparer un biberon. Tenez bien la tête, hein, ajouta-t-elle en me tendant la petite.

C'était vrai pourtant que je n'avais pas assez de lait. En plus j'étais épuisée, et j'avais faim. L'allaitement est une expérience tellement inouïe dans notre société technologique qu'il demande une documentation fouillée. Il faut en somme réapprendre à être un animal : ce qui est compliqué quand on est une femme active qui travaille sur son ordinateur, qui téléphone sur son cellulaire et envoie des waps mais qui a oublié comment tendre son sein à un petit d'homme. C'est un savoir tabou qui ne se trouve pas dans les livres, pour des questions de bienséance, et qui se livre parcimonieusement de femme allaitante à femme allaitante.

En plus, j'étais tellemént pressée de retrouver la silhouette que faisait miroiter le nouveau *Elle* spécial Maigrir. Fesses galbées, estomac ferme, seins pointus. Je ne mangeais pas, donc. Aurais-je voulu déjeuner que je ne l'aurais pu. Je ne pouvais pas faire les courses. J'avais encore mal partout, le bébé pleurait, il fallait l'allaiter.

Je finis par reprendre mon enfant des bras de ma belle-mère qui s'était installée confortablement au salon, devant un café et une pile de magazines.

– Regardez cet article ! s'exclama Edith, tout excitée. Une femme a eu un enfant à soixante ans en Italie. Vous ne trouvez pas ça ex-tra-or-di-naire !

Je pris le bébé somnolent, me mis au lit pour faire une sieste avec elle, étirai mes membres, me laissant aller à la volupté singulière de s'endormir par épuisement. Mais deux heures plus tard, je trouvai la belle-mère en train de donner un biberon à la petite Léa.

– Edith ! Je vous avais dit de ne pas lui donner de biberon puisque je veux l'allaiter.

– Mais la petite Martha mourait de faim.

– C'est moi qui suis morte de faim. Et puis, je vous supplie de ne pas l'appeler Martha, elle s'appelle Léa.

La belle-mère partit, l'air outragé, revint un peu plus tard avec un strudel aux pommes, qui fait grossir, des choux que les femmes qui allaitent ne mangent pas car cela donne un mauvais goût au lait et une carpe vivante qu'elle comptait faire en geffilte fish ; et qu'en attendant elle mit dans la baignoire pour la faire dégorger.

– Bien, dit la belle-mère sur ces entrefaites. Je vous laisse ! Je dois rejoindre une amie au restaurant. Vous connaissez un bon restaurant dans le quartier ? ajouta-t-elle d'une voix stridente qui réveilla le bébé. Oh !

elle pleure encore ! Peut-être a-t-elle mal au ventre ? Si elle a des maux de ventre, je vous déconseille fortement de l'allaiter. C'est peut-être votre lait qui lui fait mal.

– Vous croyez ?

– Mais puisque je vous dis que vous n'avez pas assez de lait, c'est évident !

– Je sais, Edith. Il faudrait juste que je puisse stimuler la lactation avec un tire-lait électrique.

– Bonne idée. Si vous voulez, demain je vous apporterai un stérilet. Euh, pardon, je voulais dire un tire-lait.

Le soir, lorsque je voulus donner le bain à la petite Léa, je trouvai la carpe. J'étais assise au bord de la baignoire quand Nicolas rentra du travail.

– Mais que fais-tu ? dit Nicolas.

– Je regarde la carpe de ta mère.

– Elle va faire son geffilte fish !

– Oui. Et moi, je baigne Léa dans la baignoire avec la carpe ?

– Mais ce n'est que quelques jours ne t'en fais pas. Le geffilte fish de ma mère, il n'y a rien de meilleur au monde.

– Ecoute, avouai-je, je ne veux pas de cette carpe chez moi. Je ne peux pas le supporter tu comprends. La pauvre. Il faut que tu ailles la remettre dans la Seine tout de suite.

– Quoi ! Non mais ça va pas ! Tu sais comme c'est difficile de trouver une carpe vivante dans Paris ?

– Ta mère, non seulement ne m'apporte à manger que des choux, met une carpe dans ma baignoire, mais en plus elle propose à Léa des biberons en cachette. Je pense qu'elle cherche secrètement à ruiner mon allaitement.

– Mais t'es paranoïaque. Ta mère a raison, il faut te soigner. En plus quelle ingratitude, elle est venue pour s'occuper de toi et tout ce que tu trouves à faire, c'est de la critiquer.

– Elle veut me prendre le bébé. Tout à l'heure elle est venue me l'enlever des bras quand je dormais, comme dans *Rosemary's Baby*.

Nicolas me considéra, l'air navré.

– Tu sais bien que ma mère après toi et le bébé est la personne que j'aime le plus au monde. Je ne supporte pas que tu la critiques alors que tout ce qu'elle cherche à faire c'est nous aider.

– A t'aider peut-être. A m'aider sûrement pas. Et toi tu sais bien que dans le fond elle me déteste. Elle ne m'a jamais aimée.

– T'as qu'à dire à ta mère de s'occuper de toi, hein. On verra combien de temps tu la supporteras.

– C'est tout ce que tu me proposes ?

– Et toi ? pourquoi faut-il toujours que tu dramatises tout ?

– Parce que ma vie est dramatique.

Nicolas me considéra d'un air sombre.

– Tu es dépressive, Barbara. Tu vois tout en noir. C'est horrible de vivre avec toi.

Voilà. Il avait dit les mots qui nous ont fait basculer de l'autre côté du miroir, de l'autre côté de l'amour. Du côté du néant.

– Ecoute, ajouta Nicolas. Dans le fond, je pense que ma mère a raison... Tu sais, elle s'y connaît bien en enfants. Elle en a eu quatre. Et on n'est pas trop mal, non ? Pourquoi veux-tu absolument allaiter la petite ? Laisse tomber. Plus personne n'allaite aujourd'hui.

– Ce n'est pas vrai. Il y a des statistiques.

– Tu tiens absolument à faire partie des cinq pour cent ?

– C'est mon choix, dis-je, je ne veux pas laisser tomber.

Laisser tomber c'était prouver que la belle-mère avait raison. Je voulais reconquérir ma dignité et montrer à Nicolas que j'avais raison. Quand il s'agissait de sa mère, il devenait totalement aveugle. On aurait dit qu'il perdait tout sens critique.

La mère. Je n'avais jamais pris conscience à quel point c'était un sujet douloureux, névralgique pour Nicolas. Il y avait un lien essentiel, fondamental bien qu'invisible entre la mère et le fils, et même si je ne le comprenais pas, je ne pouvais que l'admettre. J'en souffrais, pourtant. Je savais que cela nous séparait. J'en voulais à Nicolas et, pire, je le méprisais d'être aussi peu clairvoyant et d'être tellement le fils de sa mère alors que j'avais besoin d'un homme, d'un époux et d'un père. J'aurais voulu qu'il fût plus adulte, plus responsable. J'avais aimé en lui son indépendance, je le retrouvais en petit garçon qui voulait faire plaisir à sa maman, en petit homme œdipien fier de montrer son bébé à sa mère. Je l'aimais homme, je pensais l'adorer en père, mais à ma grande surprise, je le retrouvais en fils. J'en conçus pour lui un sentiment nouveau et dérangeant : le mépris.

Oublier tout. Réapprendre à être un animal. Léa était tellement mystérieuse, imprévisible, colérique et gaie à la fois, souriante et triste, indépendante et nécessiteuse, elle était instinctive et primaire. Elle n'avait conscience de rien. Elle ne savait pas combien elle était belle.

Ce soir-là, après l'avoir endormie, je fouillai dans tous mes vieux exemplaires de *Elle*, sauvés miraculeusement du déménagement. Enfin je le retrouvai : triomphalement, j'exhumai le journal dans lequel Juliette Binoche parlait de l'allaitement. Elle faisait allusion à une association qui s'appelait « la Leche League ». Il y avait aussi un article dans lequel Inès de la Fressange la mentionnait également. Je me dis qu'il fallait impérativement que j'entre en contact avec cette mystérieuse organisation qui avait le pouvoir de rendre heureuses les nouvelles mères.

C'est ainsi que, quelques jours plus tard, je me rendis à une réunion de la Leche League qui avait lieu près de chez moi, rue Charlot. J'allais enfin savoir. J'allais enfin connaître le secret : celui que les femmes se chuchotent dans cette confrérie mystérieuse dans laquelle n'étaient intronisées que les femmes allaitantes. J'allais enfin connaître le secret de la femme mère.

C'était dans un appartement. Dans le salon, les mères assises en cercle portaient toutes leur bébé contre elles ; d'autres avaient posé leur nourrisson qui se propulsait sur un tapis d'éveil ; les enfants plus grands jouaient dans la pièce à côté et, de temps à autre, revenaient se pendre au sein de leur mère qui soulevait son pull sans s'interrompre, comme si c'était tout à fait naturel.

Je pris place silencieusement pour ne pas interrompre le débat, tout en prenant conscience que j'étais la seule ici à n'avoir pas emmené de bébé. Une jeune femme brune avait une petite fille pendue à chaque sein. Elle se présentait ainsi : « Laurence, mère de Clémence, seize mois, et Chloé, trois mois ». Elle parlait de son expérience en se rengorgeant. Elle allaitait sa fille depuis deux mois et demi mais elle donnait des compléments avec le biberon. Au début, sur les conseils de la Leche League, elle avait essayé de les lui administrer avec une seringue, mais vu les quantités cela devenait un peu difficile et surtout elle a arrêté le jour où la petite a failli s'empaler dessus. Donc, après la pipette, elle est passée à la tétine 1 trou et depuis trois semaines à la 2 trous parce que la tétée et le biberon duraient trop longtemps, et que sa fille finissait par avoir des problèmes de digestion... Elle voulait savoir si donner un biberon risquait de mettre en péril son allaitement.

Marie, qui présidait la séance, était formelle : il fallait éviter le biberon à tout prix. Le biberon est l'ennemi de l'allaitement. Elle devait essayer la tasse à bec car il faut savoir qu'il y a un risque de confusion sein-tétine et ce serait dommage d'arrêter l'allaitement à cause de cette erreur.

Michèle, jeune femme blonde au sein énorme au bout duquel pendait un minuscule nourrisson, prenait du Galactogyl pour stimuler l'allaitement ; elle alternait avec des tisanes à l'anis et de la bière de malt sans alcool. Mais comment pouvait-elle espérer avoir un allaitement à 100 % ? Marie lui conseillait de mettre son enfant au sein plus souvent.

Et moi ? Je suis : « Barbara maman de Léa, deux mois. »

– Allaitée ?

– Oui...

– Portée ?

– Oui, enfin parfois...

– Et cododotée ?

– Pardon ?

– Tu dors avec elle, Barbara ?

– Oh non... enfin j'évite.

– Tu as tort d'éviter. Ici à la Leche League nous menons une croisade en faveur du portage et du cododotage. Nous pensons qu'il est bénéfique pour le bébé car il est bénéfique pour l'allaitement. Il est plus facile de mettre un bébé au sein lorsqu'on dort avec lui.

– Ah ! d'accord. Alors oui je l'avoue, c'est vrai : mon bébé dort avec moi. D'ailleurs j'ai même demandé à mon compagnon de dormir dans le salon parce qu'il n'y a pas assez de place pour nous trois.

– A la bonne heure ! A présent, veux-tu nous faire part de ton expérience ?

Mon expérience... Depuis que j'ai un bébé, je n'ai plus de vie de couple, je ne dors plus, je ne me lave plus les cheveux, je ne lis plus, je ne vois plus d'amis. Je suis devenue une mère, soit. Mais je ne savais pas qu'une mère n'était qu'une mère. J'ignorais qu'il fallait abdiquer tous les autres rôles, qu'il fallait renoncer à la sexualité, à la séduction, au travail, au sport, à son corps, à son esprit. J'ignorais qu'il fallait renoncer à la vie. Voilà en substance ce que j'annonçai.

Tous les regards convergèrent vers moi comme si j'étais une meurtrière, ou pire : une mère indigne. Je sentis que je n'aurais pas dû développer cette thématique mais je ne pouvais pas faire autrement. Je me sentais seule depuis que j'avais accouché et j'étais heureuse de trouver des oreilles attentives.

Je retournai plusieurs fois à la Leche League pour rencontrer mes congénères. Elles ne parlaient que d'allaitement, de bébés, de garde, de sucettes, de tapis d'éveil...

Autour de moi, je remarquai que, parmi les femmes qui ont un enfant, il y a celles qui allaitent et celles qui n'allaitent pas. Il y a deux types de femmes, celles qui ne rechignent pas à aller aussi loin dans la maternitude, et celles qui le refusent, celles qui acceptent d'être un mammifère et celles qui ne peuvent l'envisager. Il y a celles qui adorent être un animal et les autres, il y a les militantes de l'allaitement, les fanatiques de la maternité et celles qui en sont dégoûtées, celles qui s'épanouissent pleinement dans le rôle de leur vie et celles qui le font par devoir ou par compassion.

Peu à peu, je progressai dans l'allaitement qui devenait de plus en plus prenant et passionnant, et un beau jour je devins la mère allaitante qui organisait sa vie autour de l'allaitement. En effet, celui-ci, grâce aux conseils avisés de la Leche League, me procurait une telle satisfaction, un plaisir de donner si intense, si fusionnel, si complet, que je n'avais besoin de rien d'autre. Je n'avais plus besoin de faire l'amour avec mon compagnon car j'avais mon bébé qui était vis-à-vis de moi dans une telle demande qu'il était impossible de lui résister. C'était un accomplissement sensuel, émotionnel et orgasmique.

– Bravo Barbara, dit Marie à la huitième séance. On ne peut que te féliciter pour ton allaitement qui évolue vers la perfection. Veux-tu nous faire part de ton expérience ?

– Je voudrais parler du bonheur de donner le sein. Du plaisir que c'est de voir cette petite bouche téter, ce savoir que le bébé a de manière innée, la façon dont il recherche le sein, dont il se gave de son odeur, respirant, aspirant, avec tout son corps qui jouit...

En effet, je vivais des moments de grâce où mon désir et le désir de l'enfant coïncidaient, et je me retrouvais à lui donner le sein car j'en avais envie, à le lui donner comme on fait l'amour, et à me retrouver unifiée comme avant, comme il y avait très longtemps, des temps lointains, immémoriaux peut-être, ceux des origines de l'homme, et tout ce qui fait que l'homme est homme. Car l'allaitement, plus que la naissance, est peut-être la seule chose humaine qui n'ait pas changé depuis que le monde est monde, le seul fait archaïque qui nous rattache à notre passé préhistorique, à notre condition primaire, celle que nous cherchons à cacher sous l'aspect de la civilisation, celle de laquelle nous nous éloignons sans cesse chaque jour, de plus en plus vite, de plus en plus loin, dans notre volonté d'oublier que nous sommes aussi des animaux.

Voilà, me dis-je, le secret de la femme mère. C'est notre force en même temps que notre faiblesse. Nous sommes les mères, nous sommes les terres, nous sommes la lune et les marées, nous sommes des femelles, nous sommes l'origine de la vie.

C'était un samedi soir. Nicolas avait décidé de voir son frère Alexandre pendant que j'allais à la soirée donnée par nos voisins Jean-Mi et Domi. Il me suggéra donc de déposer le bébé chez les Tordjmann pour le faire garder, sachant que s'il y avait un problème, nous étions là, lui ou moi, juste à côté. Notre première soirée de libre. Libres aussi l'un par rapport à l'autre. Nous en avions besoin car nos disputes domestiques, de plus en plus fréquentes, nous épuisaient.

Ce fut le Rav Tordjmann qui nous ouvrit la porte, au bébé et à moi. Il portait encore ses habits blancs de Chabbath et une toque de fourrure noire. Derrière lui, ses disciples venus étudier la Kabbale : le rabbin avec son chapeau et son cigare, le psychanalyste aux yeux de marionnette, le journaliste.

Il me conduisit dans la chambre où sa femme allaitait. Léa et moi nous fûmes accueillies par cinq enfants à l'air songeur, aux longues papillotes et aux châles de prière dont les fils blancs descendaient des pantalons. La mère multipare tenait un bébé dans les bras, à peine plus grand que Léa. Elle devait avoir trente-cinq ans et elle avait déjà dix enfants. Un foulard cachait entiè-rement ses cheveux, entourant son visage pâle d'un halo rouge. Elle n'était pas maquillée, elle était frêle et elle avait l'air timide comme une adolescente.

Autour d'elles, des petites têtes se sont pressées, appartenant à des enfants qui semblaient avoir rigoureusement neuf mois d'écart.

– Bonjour, dit-elle. Entrez...

Il y avait des odeurs de cuisine mêlées au lait chaud que prenaient les plus petits enfants, chacun avec son biberon. Dix enfants entre zéro et douze ans, vingt petits yeux écarquillés qui me suivaient du même regard séraphique.

– Je peux faire quelque chose pour vous ? demanda la mère.

J'aurais voulu lui dire : Expliquez-moi comment vous faites ! Est-ce que vous avez eu dix épisiotomies ? Est-ce que vous les avez allaités tous les dix, c'est-à-dire que vous n'avez pas arrêté d'allaiter depuis dix ans ? Comment faites-vous pour stériliser quatre fois quatre biberons par jour, ce qui fait en tout trente-deux biberons par 48 heures ? Quand faites-vous votre rééducation périnéale ? Est-ce que vous avez des fuites ? Est-ce que vous avez trouvé une nounou qui veuille bien garder dix enfants ? Est-ce que vous faites encore l'amour avec votre mari ? Oui apparemment, en tout cas au moins dix fois, mais entre les dix est-ce que vous le faites ? Est-ce que vous l'aimez encore ? Est-ce que vous le désirez ? Est-ce que vous êtes encore une femme ? Et que dit la Kabbale à ce sujet ?

– Vous les avez tous allaités ?

– Non, pas les premiers, je n'ai pas pu, je ne savais pas comment faire, alors j'ai vite arrêté. Pour la quatrième, je me suis informée, et j'ai allaité.

– Tous les six ?

– Oui... Il m'est arrivé d'en allaiter deux ou trois à la fois...

– Mais c'est épuisant, non ?

– Oui, épuisant. Mais pour moi, ajouta-t-elle, c'est aussi un moyen de contraception naturel, c'est pour cela que je les allaite longtemps... C'est difficile, vraiment... Mais au bout du compte, tout rentre dans l'ordre... vous verrez !

Dans l'ordre, mais quel ordre ? L'ordre de ceux qui divorcent six mois après avoir eu un enfant, ou l'ordre de ceux qui en refont un autre pour tenter de réparer les dégâts ? L'ordre de ceux qui se séparent au bout de sept ans de mariage et trois enfants, ou l'ordre de ceux qui font trois enfants, passent vingt ans ensemble et finissent par se séparer après que les enfants ont grandi ? L'ordre de ceux qui font deux enfants et qui restent ensemble même s'ils ne s'aiment plus parce qu'ils n'ont pas le courage de se séparer, ou l'ordre de ceux qui ont des enfants et sont malheureux ensemble, et ont chacun des maîtresses ou des amants ? Ou encore l'ordre de ceux qui sont malheureux en famille, qui s'arrangent pour être très pris par leur travail et voyager un maximum pour les voir le moins possible ? Il existe tous les cas de figure. Mais de couple amoureux avec des enfants, sur la durée, je n'en connaissais pas un. Pas un seul.

– Ecoutez, voilà, dis-je sombrement. Cela va vous paraître dérisoire mais... il se trouve que j'ai un pro-blème de garde pour mon bébé car je suis invitée à la soirée chez les gens d'en face et...

– Vous voudriez que je garde le bébé ?

– Si cela ne vous dérange pas.

– Non, pas de problème. Comment s'appelle-t-elle ?

– Léa.

– C'est un joli nom... Vous pouvez me la laisser. Vous voyez, ici les enfants c'est pas ce qui manque, ajouta-t-elle.

– Ils ont quel âge ?

– Nourith a six mois. Déborah un an et demi, Moché deux ans et demi, Ilan quatre ans, Sarah cinq ans, Nathan a six ans, Judith huit ans et demi, Yossef neuf ans et demi, Tsipora onze ans et le grand Jacob a bientôt douze ans.

– Félicitations. Et ça se passe bien ?

– Oui.

– Je veux dire, ça ne fait pas trop ? Non ? Vous vous en sortez correctement ?

– Vous voulez que je vous dise ?

– Oui ?

– Ils sont toute ma vie.

Comme c'était réconfortant d'entendre ça. Ça mettait du baume au cœur. Peut-être avaient-ils trouvé la solution. Ils avaient des enfants et ils étaient heureux ! Mais oui ! Les Loubavitch étaient les seuls à avoir des enfants sans divorcer. Quel était leur secret ? Il fallait absolument que je perce ce mystère.

– Je veux dire. Je n'ai plus le temps de rien faire en dehors d'eux. Que ce soit lire, sortir me promener, prendre un bain. Ne me parlez pas de mon périnée, ça fait longtemps que j'ai renoncé à lutter contre l'incontinence. Je ne sais pas comment vous faites vous, mais moi je suis passée aux protections quotidiennes. Sans parler de ma relation avec Jacques, qui en a pris un coup... Bon alors il y a le Chabbath. Parce que pendant le Chabbath, on doit faire l'amour, c'est un commandement... Comme ça on se retrouve, le temps d'en faire un autre et c'est reparti pour un tour...

– Mais alors ? Pourquoi en faire autant ?

– Parce que c'est un commandement divin, Barbara. Une obligation. Nous n'utilisons pas de moyen de contraception chez les Loubavitch. C'est interdit. Dans la Genèse, Dieu a dit : « Croissez et multipliez-vous. »

– Et... vous comptez en avoir d'autres ?

– Autant que Dieu nous en accordera.

Après avoir laissé la petite, je suis sortie de la maison pour chercher une bouteille de whisky pour mes voisins. Je l'ai achetée, puis je me suis assise un instant dans le parc en bas de la maison et j'ai commencé à la boire au goulot comme un clochard. Ce parc pathétique, avec trois arbres et un petit bac à sable. En journée, il était bondé d'enfants et de nounous de toutes nationalités, africaines, sri lankaises, polonaises... Voilà, c'est ainsi, on fait des enfants parce qu'on en a envie, et puis comme on ne les supporte pas on les confie à des nurses même le samedi après-midi pour surtout les voir le moins possible et que la vie continue. Je pensais à Myriam Tordjmann... *Croissez et multipliez-vous*... un commandement divin, une loi... Peut-être fallait-il croître avant de se multiplier... Dans ce cas, le commandement divin n'était pas de se multiplier mais de croître pour se multiplier ? De grandir, de mûrir, de vieillir, pour être capable d'accueillir l'enfant. Ou plutôt ceci : c'est en ayant un enfant qu'on grandit. Un enjeu pour toute la société, pas seulement pour les individus. Car cette société ne nous permet pas d'accueillir les enfants, même si elle fait semblant de l'encourager.

Dans notre pays, il est bien plus facile d'avoir un chien qu'un enfant. Un chien, ça ne détruit pas le couple, ça ne demande pas d'épisiotomie, ça n'a pas de couches-culottes, ça mange n'importe quoi, ça ne doit pas être allaité, ça ne nécessite pas de congé de maternité. Voilà pourquoi l'animal domestique est en train de remplacer l'enfant dans les familles.

J'étais ivre. Au lieu d'aller à la soirée, je déambulai dans le Marais. C'était agréable de marcher dans la rue, cela faisait si longtemps. Je longeai la rue des Blancs-Manteaux longue et solennelle pour arriver rue des Archives en plein Marais gay où les bars regorgeaient de jeunes hommes exubérants, puis je poursuivis jusqu'à la rue Rambuteau, non loin de Beaubourg où une faune bigarrée se pressait, avec son air patibulaire ; je remontai jusqu'à la rue des Quatre-Fils vers la rue de Bretagne, un nouveau Marais était en train de naître là, un Marais à l'allure presque new-yorkaise avec ses petites échoppes, ses sushi-bars et ses restaurants.

Comme chaque samedi soir, le quartier était en ébullition. Côté juif, tout le monde sortait, les restaurants s'animaient après la fermeture du Chabbath, les odeurs de falafels envahissant à nouveau la rue, les religieux sortaient de la prière du soir, les non-religieux arrivaient pour manger, faisant le pied de grue devant les restaurants avant l'heure réglementaire, celle où apparaissaient les trois étoiles dans le ciel qui marquaient la fin du Chabbath. Côté gay, les bars déversaient des flots d'hommes dans la rue et de la techno à fond jusque tard dans la nuit. C'était un des rares moments où les deux Marais se rencontraient, se croisaient au détour des rues, se frôlaient sans se saluer, mais avec cette curieuse conscience d'être à part, d'être à la marge et de se comprendre secrètement, tacitement même si chacun était pour l'autre une aberration, c'était l'heure de la croisée des chemins.

Les gens allaient et venaient, vaquaient à leurs occupations, et moi, que faisais-je ? « J'élevais mon enfant », comme disait Laurence Pernoud, dans le tome II de ses Œuvres complètes. Y avait-il une tâche plus importante dans la vie ? Quelque chose qui soit plus sacré ? Désormais, décidai-je, j'allais entièrement me consacrer à elle, Léa. Elle était ce que j'avais de plus précieux. Elle était ce qu'il y avait de mieux au monde, et le reste ne m'importait pas. Que je sois heureuse, malheureuse, triste ou fatiguée, elle était là, à mes côtés, et c'était mon devoir de m'occuper d'elle, et de prendre soin d'elle, et de m'oublier un peu, pour une fois, de grandir pour être prête. Comme venue du fond de ma fatigue, je sentis une formidable énergie me gagner, et qui m'intimait de vivre, de vivre pour elle et non pour moi.

Chez Jean-Mi et Domi, il y avait une myriade d'hommes et quelques starlettes perdues au pays des gays. Miguel, bel hidalgo de qui Jean-Mi était fou, Charlie, chanteur qui avait eu son heure de gloire et qui en conservait des lunettes fumées. Tous avaient la trentaine ou la quarantaine, étaient grands et minces avec des tee-shirts aux couleurs vives. Jean-Mi portait les cheveux longs et teints en rouge foncé, Domi les avait très courts avec des petites pattes sur les tempes. Sous l'emprise de la drogue, ils étaient surexcités.

Je regardais les uns et les autres, comme si j'étais dans une bulle, extérieure à ce qui était en train de se dérouler autour de moi. Le manque de sommeil et la fatigue associés à l'alcool me donnaient le vertige.

Ma tête était cotonneuse. Je pensais à Léa. Que faisait-elle en ce moment ? Souriait-elle ? Avait-elle faim ? Froid ? Est-ce que je lui manquais ? Est-ce que je lui étais indispensable ? Impossible de m'amuser, de parler aux gens, je ne pensais qu'à elle. Je me sentais mal à l'aise.

Alors que tous s'échauffaient sur la musique, je me suis assise dans un coin en commençant à boire un verre, puis deux... En culpabilisant à chaque gorgée, en pensant à celle qui m'attendait. J'aurais dû aller la chercher. A peine mère, j'étais déjà mauvaise mère. Je ne pouvais plus être tranquille en train de profiter du moindre instant de liberté, il fallait que je me soucie d'elle et que je me demande si elle allait bien, si elle avait bien pris son biberon, si elle était changée, si elle s'était endormie, et que je m'en veuille de l'avoir laissée depuis trois heures. Je lui en voulais de m'en vouloir. J'aurais aimé qu'elle ne fût pas si encombrante, si dominante. Elle aurait été une enfant sage qu'on range comme une image. Mais non, elle était la force exubérante de la vie, qui réclamait son dû. Même quand elle était absente, elle était là. Je la sentais, partout, dans mon cœur, dans mon corps, à me tirailler, à me demander, davantage de lait, de consolation, de tendresse, de soins. A s'effrayer de sa solitude. Ce vide qu'il y avait en elle lorsqu'elle était seule. Comme moi.

Soudain, je n'entendis plus rien. J'avais envie d'appeler Nicolas. Tout d'un coup, je me mis à paniquer. S'il était parti avec mon bébé ? A cette idée, une sueur froide descendit le long de mes tempes.

Je n'avais plus l'habitude de boire, de fumer. Je m'assis en titubant. Encore une écrasante majorité d'hommes. Je les enviais. Ils n'avaient pas les tracas que j'avais avec le bébé. Les relations entre hommes devaient être plus simples. Ils avaient tout simplement écarté le problème. Ils semblaient heureux. Ils savaient faire la fête, ils étaient les seuls dans ce Paris triste. Ils avaient l'air épanoui. Ils étaient en couples, en groupes. Ils semblaient vivre à tout âge une sorte d'éternelle jeunesse. Ils étaient l'idéal. J'aurais dû naître homme. J'aurais dû naître homme homosexuel.

Dans une semi-conscience, je pensai à ma décision du parc d'en bas. Me sacrifier. Tout était fini. Ma vie derrière moi.

J'avais créé. Je m'étais prise pour Dieu. On m'avait chassée du paradis.

Je me rendis en titubant dans la chambre à coucher de Jean-Mi et Domi, je me jetai sur le lit où je m'endormis entre les deux girafes, Aglaïa et Chloé.

Depuis la naissance, je n'avais pas eu la possibilité de travailler à ma thèse. Impossible de rendre les chapitres promis à mon patron de thèse qui commençait à s'impatienter, me harcelant de coups de fil. Lorsque Léa était enfin couchée, je m'endormais, épuisée, sur l'ordinateur, et je me réveillais deux heures plus tard, pour la nourrir à nouveau.

A deux heures du matin, je regardais mon bébé qui tétait. La vie ce n'est qu'une répétition de cet acte, une recherche du sein de la mère, on n'aspire qu'à revenir à l'unité, au centre, au paradis de l'enfant contre sa mère. L'amour, peut-être, est une recherche de ce paradis-là. La jouissance, l'orgasme ne sont rien d'autre que la conquête de l'unité perdue de la mère et l'enfant. C'est peut-être la raison pour laquelle on confond l'amour et l'éternité. Pour le bébé, il n'y a pas de temps. Tout est cyclique, c'est l'éternel recommencement. C'est cet infini-là que l'amoureux recherche dans son désir passionnel. Mais c'est le premier stade de l'amour, son stade le plus élémentaire, tyrannique et narcissique. Le véritable amour, c'est celui qui se construit dans l'évolution du temps, non celui qui se répète à l'identique comme on le souhaite dans le fantasme. L'amour ne s'éteint pas. L'amour évolue. Il change de paradigme. Et c'est peut-être ce que nous ne sommes pas en mesure d'apprécier, alors nous disons que l'amour n'existe pas. L'amour au début est ardent et passionnel, schizophrène et maniaco-dépressif comme le bébé, puis il grandit et il devient mûr, solide, réfléchi, il se pose, il s'élève alors, mais nous ne le savons pas, nous disons tout simplement qu'il cesse.

Nous avions tant changé. La maternité était une mutation en même temps qu'une régression, une création. Car on est dans la vie, dans l'essence originelle de la vie dont tout le reste n'est qu'un lent développement. J'étais trop fatiguée pour vouloir sortir, je n'en avais plus envie. Je ne voulais plus voyager, danser, lire, je ne voulais plus voir mes amis, je gardais mon bébé, je n'aspirais qu'à me reposer. Je n'avais plus envie de faire l'amour, juste celle de me retrouver au lit tendrement enlacée avec ma fille, dans l'extase infinie de notre naissance.

La vie avec Nicolas devint de plus en plus chaotique. On ne dormait plus ensemble, en vertu du « cododo-tage », il n'y avait pas assez de place pour nous trois dans le lit, on ne se touchait plus, on ne se parlait plus.

Malgré son travail, Nicolas s'occupait de plus en plus du bébé. Dès qu'il rentrait, il se précipitait vers elle, me saluant à peine. Puis il la changeait, l'endormait en lui chantant des chansons, il la sortait au minuscule square, il lui donnait des bains durant lesquels il jouait avec elle. Il me regardait avec jalousie en train de l'allaiter. Un jour, il avoua qu'il était envieux de la relation que j'avais avec notre enfant ; lui aussi il aurait voulu allaiter pour avoir cette proximité-là. Lorsqu'il rentrait le soir très tard, il allait la regarder durant un long moment. Si elle dormait, il espérait qu'elle se réveillerait pour qu'il puisse la voir, l'embrasser, la changer. J'avais du mal à reconnaître en ce père l'homme en blouson de cuir qui refusait le mariage.

Lorsque nous avons demandé une place en crèche, on nous a répondu froidement qu'il fallait inscrire son enfant bien avant la conception ou encore connaître quelqu'un à la mairie. Nous avons donc décidé de faire appel à une nounou, qui coûte cher, ce qui a rendu Nicolas encore plus nerveux et préoccupé au sujet de son travail.

Pour le choix de la nounou, il exigea d'être présent, et pour cela, il prit même congé de son travail.

Dans les forums, son nom de code est assmat. Assistante maternelle.

D'elle on attend : qu'elle soit professionnelle, qu'elle soit douce et calme, qu'elle aime les enfants, qu'elle ait de l'expérience, qu'elle s'adapte aux horaires, qu'elle n'impose pas les siens et surtout qu'elle ait de l'humilité malgré la situation critique.

Pour la choisir, nous avons organisé un casting de nounous.

On ne les aime pas, au premier regard. C'est clair, on ne les aime pas. On doit leur laisser ce qu'on a de plus cher, de plus beau, la chair de sa chair.

En un après-midi, nous avons vu : une Polonaise qui ne parlait pas français, un Colombien qui avait fui à cause de la guerre civile, une Marocaine sans papiers, une Sri-Lankaise réfugiée après avoir été persécutée par les Tigres Tamouls, une Ivoirienne qui avait dû venir en France assurer la survie de ses enfants restés au pays... Toute la misère de l'humanité défila en un après-midi dans notre appartement.

Depuis que j'avais accouché, j'étais excessivement sensible et vulnérable ; comme si je portais sur mes épaules tout le chagrin du monde. En devenant mère, j'étais devenue mère universelle.

J'étais obsédée par les enfants. Avant, je ne m'intéressais pas du tout aux chérubins. Après, il me semblait que toutes les femmes étaient enceintes ou mères et je les regardais attentivement, dans la rue, à la télévision. Je souffrais lorsqu'un enfant souffrait. C'est pourquoi j'aurais voulu engager tout le monde. En particulier, je ne supportais pas l'idée que l'Ivoirienne ait laissé ses enfants au pays pour venir travailler ici et subvenir à leurs besoins.

Cependant, Nicolas attira mon attention sur le fait que le critère de choix n'était pas la pauvreté ou la malchance mais la capacité à s'occuper de notre progéniture. Finalement, après une âpre discussion, nous avons fini par opter pour Paco. Paco était l'homme qui rangeait plus vite que son ombre. L'œil noir, le cheveu long, il arrivait le matin, se mettait torse nu, découvrant son poitrail imberbe avant d'enfiler un marcel. Puis il se mettait au travail, passant l'aspirateur, repassant, clouant, vissant, accrochant et décrochant, faisant la vaisselle tout à la fois. Mais là où Paco frisait la perfection, c'était dans le domaine du bricolage. Avec lui, plus besoin du Monsieur de chez Darty. Paco réparait tout, et c'était un point important pour la paix de notre ménage.

Cependant, il avait un problème : il n'aimait pas changer la petite. Pour le biberon, les chansons, les promenades en poussette, il était parfait. Mais pour le bain et les changes, c'était une catastrophe. En tant que Sud-Américain et machiste, il revendiquait une incompétence absolue en ce domaine.

A mon corps défendant, je dus donc me séparer de Paco. Le temps de trouver une ou un autre candidat, je m'occupais du bébé du matin jusqu'au soir. Quand

Nicolas arrivait du travail, je l'attendais sur le pied de guerre, tapie derrière la porte. Pas coiffée, pas lavée, pas habillée, avec le bébé dans les bras, telle la Mégère apprivoisée.

De guerre lasse, je me résolus à faire appel à ma mère, pour qu'elle vienne garder la petite pendant que je me rendais en bibliothèque pour travailler à ma thèse. Je rentrais chez moi le soir. Mon bébé pleurait dans les bras de ma mère qui me considérait d'un œil accusateur sous son casque de cheveux colorés au brushing impeccable, comme si je les avais abandonnées toutes les deux. Laquelle était le bébé ? Qui avait gardé l'autre ? Je ne savais plus. Trois générations sous le même toit, trois femmes, filles l'une de l'autre, et j'étais le milieu, le lien, le maillon d'une chaîne qui me dépassait, qui me transcendait. Je passais le relais qu'on m'avait donné, j'étais coincée, prise au piège entre les trois âges de la vie.

J'étais tellement angoissée qu'il me semblait que mon lait était tari. Depuis la naissance, j'avais l'impression de vivre dans un rêve, dans une autre réalité. Ce bébé m'aliénait, et en même temps, il me libérait de mes servitudes. Je n'en voulais plus à ma sœur, à ma mère. J'avais acquis de la distance par rapport à mon travail, mes priorités, ma carrière. J'étais lasse de tout ça. Le jeu social m'était indifférent. J'étais revenue dans le sein maternel, dans le cocon inconfortable de mon enfance.

Une fois, j'ai pris un bain. En plongeant mon corps dans l'eau, je ne le reconnus pas. Il s'était modifié, même les os étaient différents. C'était un corps de femme, ce n'était plus le corps d'adolescente ou de petite fille que je m'employais à cultiver à grand renfort de régimes. C'était celui des femmes sur la plage, ces corps qui ont donné naissance à plusieurs reprises, ces corps des peintures de Rubens que la société abhorre, maintenant les femmes dans un esclavage bien plus sournois que celui de l'antique domination des femmes par les hommes, car il dicte la norme esthétique d'une façon draconienne et anti-darwinienne. D'une façon qui empêche les femmes d'être épanouies en tant que femmes, dans leur fonction féminine, qu'elle soit maternelle ou non. Dans cette société, il est écrit que la femme devait rester une fillette. Malheur à celle qui donne naissance : elle est laide. J'étais affreuse en cet instant selon les critères de ma société.

Mais qu'est-ce que l'on entend par être femme ? Est-ce donc obéir aux normes sociales prônant la minceur anorexique qui vise à faire disparaître la femme sous la fille, ou est-ce la plénitude épanouie de la femme qui a donné la vie, la femme qui allaite et que la religion exalta sous le nom de Marie ? Cette mère sacralisée que les hommes adorent mais qu'ils ne désirent pas ? Ou est-ce la femme libérée qui travaille et assume sa vie en talons plats et cheveux courts, qui réfléchit mais qui n'a pas d'enfant ?

Mes seins tombaient, mes cernes noircissaient, mes jambes se transformaient en piliers, mes jours se réduisaient en peau de chagrin. Je n'avais plus le temps pour rien. Je n'avais pas ouvert un livre depuis neuf mois. Je n'avais même pas le temps d'allumer la télé et tant mieux parce que l'image en était toujours brouillée. J'avais définitivement renoncé à appeler France

Télécom. Je n'avais plus personne qui m'appelait puisque je n'avais plus d'amis. Je n'avais aucune idée de ce qui se passait dans le monde car je n'avais pas le temps de lire les journaux. Les seules conversations sérieuses que j'avais eues ces derniers temps tenaient en deux mots : Ba ? Baba. Je passais des heures dans la salle d'attente du pédiatre au moindre rhume. Ou à regarder ma fille barboter dans son bain.

Je n'avais plus envie de sortir, de voyager ou de travailler. Je n'avais plus de goût pour la philosophie. Je n'avais plus envie de m'habiller, de me maquiller, un tee-shirt et un survêtement sur mes bourrelets rendaient ma fille heureuse de me voir, car c'était moi qu'elle aimait, au-delà de l'apparence – et cela me suffisait. Je n'avais plus besoin de poser des questions sur le sens métaphysique de la vie car le sens de la vie, que je le veuille ou non, c'était elle. C'était du solide, du concret. Elle n'était jamais décevante, elle. Tous les jours, fidèle au poste, avec son lot de pleurs, de pipis et de sourires. Elle dépendait de moi, sans moi elle n'était plus rien. Personne au monde n'était aussi fortement rattaché à moi. Ni l'amour d'un mari, ni l'amitié d'une amie ne valent l'attachement d'un bébé qui vous regarde en vous demandant de le nourrir, de le prendre, de le caresser, de l'aimer d'un amour absolu, et vous ne savez même pas pourquoi.

Je voyais ma mère tous les jours. Mais je ne voyais plus mes amis. Ceux qui étaient célibataires avaient perdu tout intérêt pour moi. Ils en avaient assez de me voir l'air hagard, ou en train de m'occuper de Léa. Les autres, les familiaux, dont je m'étais étrangement rapprochée depuis que j'étais mère, étaient trop occupés par leur progéniture pour nouer des liens véritables.

Que vaut l'amitié si elle n'est présente ni au moment des malheurs ni au moment des bonheurs ? Pourquoi est-ce dans ces moments extrêmes de la vie où l'on a le plus besoin d'eux que nos amis nous abandonnent ? Que vaut l'amitié si elle n'est pas pour ces instants-là ? Que vaut la vie si l'amour n'existe pas et si l'amitié est un leurre ?

Léa avait six mois et c'était notre anniversaire, celui du jour où nous nous sommes rencontrés.

Je me souviens, pour le premier anniversaire, Nicolas m'avait emmenée à Porto, c'était une surprise, on était deux amoureux dans les rues portugaises, le petit port charmant, la ville en pente, les rues fleuries, les ruelles cachées où l'on s'embrassait en écoutant du fado, insouciants sous les étoiles du printemps. Mon cœur battait pour lui. On hésitait entre un restaurant et un concert, un cinéma et des amis. Heureuses hésitations des couples sans enfant ! Il leur semble alors que la vie c'est cela, une suite de décisions sans conséquence.

Ce soir-là, cela faisait deux heures que j'essayais d'endormir le bébé. Nicolas est arrivé, il a pris une canette de Coca dans le frigo et il a refermé la porte. Le bébé a sursauté et s'est remis à pleurer.

– Imbécile !

– Quoi ?

– Idiot. Tu ne vois pas qu'elle dormait ?

– Si, j'ai vu, mais si je peux même plus prendre un verre...

– J'ai mis deux heures à l'endormir ! Tu pourrais faire attention.

– Alors là, j'aime autant te prévenir. On ne peut pas s'engueuler parce qu'elle est réveillée. Ça va pas marcher comme ça. Pas du tout du tout. Je ne vais pas vivre sur la pointe des pieds parce qu'elle dort. Ici c'est chez moi...

– Tiens, tu n'as qu'à la rendormir. Moi je n'en peux plus.

Je n'avais plus du tout envie de fêter notre anniversaire. J'avais juste envie de me coucher.

Lorsqu'il est revenu dans le lit une heure plus tard après avoir endormi l'enfant, je l'attendais en broyant du noir.

– Ecoute, dit-il, voilà, j'ai pensé que pour notre anniversaire, on pourrait partir en week-end, mais cette fois pour se retrouver un peu tous les deux, toi et moi. On prendrait du temps pour vraiment se voir, parler, dîner au restaurant, aller au cinéma... être comme avant, tu te souviens ?

Mais oui, je me rappelais notre vie d'avant. En fait, c'est vrai que nous ne faisions pas des choses passionnantes. On passait le temps... On dînait... On voyait des films.

Puis Nicolas m'expliqua que le mieux serait que nous partions chez ses parents, à Trouville : nous pourrions laisser la petite, et puis sortir tous les deux, en amoureux. Mais pour rien au monde je ne voulais aller chez ses parents.

– Mais pourquoi ? dit Nicolas. Tu es partie en guerre contre mes parents alors que tu vois ta mère tous les jours ? Et moi aussi d'ailleurs !

– Et alors ? Ça t'arrange, non, qu'elle vienne garder la petite ? Ça règle le problème de la nounou !

– Oui, mais ça me dérange de la voir.

– Moi, ça me dérange de voir tes parents.

Et nous sommes repartis dans une grande dispute, à cris étouffés pour ne pas réveiller la petite.

Il était tard lorsque Nicolas se rapprocha de moi. C'était difficile, ce corps devenu étranger, qui soudain, enfin, s'unissait au mien. Il était à la fois inconnu et bizarrement familier. Il était un père, et un frère depuis que nous étions devenus une famille. J'avais l'impression de commettre un inceste. J'étais mal dans ma peau. J'étais ailleurs. Mon corps était insensible, insoumis, et je ne ressentais plus rien qu'une sorte de gêne. J'avais encore mal. Pendant que nous faisions l'amour, pour la première fois, je me pris à penser à autre chose. A l'Italie, aux serments, à la moto, tous les deux grisés par le vent, l'un contre l'autre, serrés, devant nous, il y avait l'horizon, le bel horizon.

A présent, comme c'était différent. Comme notre relation avait évolué en l'espace de quelques mois. Désormais, c'était chacun de son côté. Mon amant était devenu mon frère, ma fille prenait la place de mon compagnon dans mon cœur. Le bébé prenait son côté du lit.

On était là, en face, sans plaisir de se voir. On se faisait du mal. On se disait des choses terribles, irréversibles. On se brimait. On se disputait. On se détériorait, se dévalorisait. On se vexait. On se traitait mal. On utilisait des mots qui blessent, des mots qui restent. On se disait des choses qui cassent. On n'avait plus d'intérêt l'un pour l'autre. On s'éloignait. On était comme des continents qui dérivent. On ne partageait plus le même monde. On se posait des questions. Des questions vexantes. On se blessait infiniment, de la pire façon qui soit. On se tuait à petit feu, pas à pas, en faisant du bruit. Maintenant... La destruction de notre relation était intense et pathétique.

Enfin vinrent les vacances.

Mais que faire pendant les vacances lorsqu'on a un bébé ? Si on ne veut pas passer toute la journée dans la chambre à le garder ? Si on désire se reposer, ne rien faire, se promener, voyager ?

Je suggérai à Nicolas de nous replier sur Paris-Plage, ce n'était pas loin du Marais, on pouvait s'y rendre en poussette, une occasion de sortir la Pliko de Peg Perego et de faire une tentative à deux pour la déplier. J'emporterais une serviette. Le bébé serait content sous le brumisateur. Léa en effet adorait l'eau. Elle n'était jamais aussi heureuse que lorsqu'elle prenait son bain. Elle était dans son élément, agitant bras et jambes, goûtait l'eau du bain, nageait comme un petit poisson et riait aux éclats. Mais après une tentative pour accéder à l'endroit en question, je dus rebrousser chemin car il n'y avait absolument aucune place ni pour la poussette ni pour qui que ce fût dans ce corps-à-corps.

Plusieurs personnes nous avaient conseillé le Club Med qui avait un baby-club. Ma sœur, Katia, mère expérimentée de deux enfants, m'avait assuré que c'était la meilleure solution puisqu'elle permettait d'échapper aux beaux-parents tout en bénéficiant d'une garde pour l'enfant.

Les nounous étaient formidables, surtout depuis que le Club Med avait changé la politique des nurses : avant il y avait beaucoup trop de divorces après l'été car les pères avaient une fâcheuse tendance à nouer des relations étroites avec les nounous-GO. Depuis qu'ils avaient mis les plus laides, les couples se portaient bien mieux.

Je n'avais pas du tout le cœur d'aller au Club Med. Je préférais rester à Paris plutôt que d'aller dans cet endroit organisé par et pour la société de consommation. Je me raccrochais à mon image romantique, celle d'avant la naissance.

Mais après l'expérience de Paris-Plage, je finis par accepter de partir pour Otrante en Italie. Nous avons préparé nos affaires. Au bout de trois heures d'efforts, nous avons rempli trois grosses valises avec : les couches, les habits, les biberons, chauffe-biberon, stérilisateur, jouets, produits d'entretien, la poussette, le Maxi-cosy et le lit-parapluie. Un déménagement.

Nous sommes arrivés avec tout notre attirail au comptoir d'Air France pour nous rendre compte que la compagnie française nous avait encore mal renseignés. Après trois appels on nous avait assuré qu'un livret de famille était suffisant pour que bébé voyage. Finalement, lorsque nous arrivâmes devant le comptoir, après avoir émis les billets non remboursables non échangeables, on nous annonça qu'il fallait effectivement un passeport pour bébé. Je me fâchai, m'énervant contre Nicolas qui n'y pouvait rien, nous voilà avec des billets perdus, incapables de voyager. Quelle déception.

Plutôt que de rebrousser chemin avec toutes nos affaires, nous avons fini par prendre un vol Alitalia plus compréhensive. L'hôtel était un endroit confortable avec des chambres donnant sur la mer, le lieu de villégiature du XXIe siècle. Une sorte de paradis en rase campagne... Loin ! Loin de la France et de toutes ses misères. La campagne alentour ressemblait à un décor de théâtre.

Au club, il y avait un programme maman-bébé dans lequel je m'inscrivis avec l'espoir fou de retrouver ma ligne. Jour 1 : massage de 80 minutes. Le traitement était entièrement fondé sur la relaxation. Le « therapist » m'enduisit d'huile, puis il me massa en faisant des signes cabalistiques. Je commençais à me laisser aller, lorsqu'on m'a prévenue que mon mari avait appelé car le bébé pleurait. Finie la relaxation ! Sous les yeux éberlués du « therapist », au risque de passer pour l'hérétique de l'ayurveda, je sautai dans mes mules, m'enveloppant dans un peignoir de bain pour partir au pas de course rejoindre ma petite gardée dans le baby-club. Là je trouvai Nicolas en grande conversation avec la nounou, qui, au contraire de ce qu'avait assuré ma sœur, était une très jolie fille blonde.

– Barbara, je te présente Natacha, qui va s'occuper de Léa. Natacha, voici Barbara, la maman de Léa...

Je la considérai de haut en bas d'un air consterné, pris mon bébé sous le bras d'un air protecteur et partis.

– On se croirait sur l'île de la Tentation, dis-je le soir au dîner.

– Qu'est-ce que tu veux dire ?

– Je veux dire que si tu continues de regarder la nurse, je te quitte immédiatement avec mon bébé sous le bras.

– *Ton* bébé... c'est aussi mon bébé je te signale. Et puis j'en ai marre.

– Marre de quoi ?

– De vivre avec toi. De passer mes vacances avec toi. De tes remarques, de ta noirceur, de ta paranoïa.

A la table d'à côté, il y avait le couple parfait dans sa version italienne. Le mari, habillé tout en lin blanc, la femme, impeccable dans son jean moulant, avait dans ses bras un adorable chérubin de trois mois qui dormait le plus paisiblement du monde.

– Tu vois, murmurai-je, regarde ce couple comme il a l'air bien. Pourquoi ne sommes-nous pas comme ça ?

Nicolas leur jeta un coup d'œil.

– Qu'est-ce que tu leur trouves ?

– Ils sont bien habillés, ils sont minces, ils ont l'air amoureux.

– Tu sais, je les ai bien observés. Je ne crois pas qu'ils aient l'air si amoureux que ça. Ils ne se sont pas dit un mot pendant tout le repas.

– Ah oui ? Tu crois ? dis-je, pleine d'espoir.

C'était idiot mais ça me remontait le moral de penser ça.

– Ensuite ce bébé dort, donc rien ne te permet d'affirmer qu'elle soit plus calme que Léa. En plus elle ne l'allaite pas, je te signale. Elle lui donne des biberons.

– Tu sais, Nicolas. Je crois que l'amour c'est comme la neige, ça tombe puis ça disparaît...

– Non... Non, Barbara. Ce n'est pas l'amour qui disparaît, c'est le temps qui passe...

On est rentrés dans la chambre, on s'est écroulés, épuisés, auprès de la petite qui avait fini par s'endormir à la fin du repas. On n'avait même plus le désir de s'étreindre.

L'après-midi, lorsque nous étions dans la chambre, Nicolas s'approchait de moi mais chaque fois que nos corps commençaient à s'enlacer, à s'approcher, l'enfant, comme si elle avait un détecteur de sexe, se réveillait. Que nous était-il arrivé ? Allions-nous retrouver notre vie d'antan ? Nos étreintes, nos caresses, nos mots d'amour... Ma vision du sexe après la grossesse était si différente. Cela ne me dérangeait plus de me montrer au gynécologue. Avant, j'étais gênée, désormais c'était comme une main ou un pied, c'était désacralisé, cela avait été tellement touché et d'une façon si organique que cela n'avait plus de sens. Le sexe était dehors, utilitaire. La sexualité n'existait plus. Parce que la sexualité, c'est le tabou, c'est le sacré. Si on le montre comme une main ou un bras, alors il n'y a plus rien de sexuel dans le sexe.

L'érotisme ne se nourrit que de la limite et de l'interdit. Or la naissance avait brisé le tabou. Plus rien n'était sexuel. Le sexe même n'était pas sexuel, c'était l'inverse d'Adam et Eve au Paradis, je ne connaissais plus la pudeur, mon sexe était devenu endroit de passage, cousu et décousu, recousu. Je pouvais être grosse aussi, je n'avais plus honte. Je regardais les hommes comme des femmes. J'avais une impression de familiarité extrême avec Nicolas, j'avais le sentiment qu'il était mon frère.

Il dormait, lui, en me tournant le dos.

Dans le lit, incapable de dormir malgré la fatigue, je pensais : Est-ce qu'ils savent ce qui les attend, ceux qui vont s'unir ? Est-ce qu'on les prévient ? Est-ce qu'on les prépare ? Non, on les laisse se lancer avec leurs belles illusions. Le pauvre Prince Charmant et la pauvre Cendrillon. Mais c'est donc juste pour le soir du bal ?

Que se passe-t-il après ? Quand on accouche, quand on est dans les couches, quand on ne peut plus faire l'amour, quand on se détache l'un de l'autre, quand l'autre regarde les autres, quand on se dispute pour des choses de la vie quotidienne, quand peu à peu on se résigne à être malheureux...

Il y a l'amour des premiers temps, et il y a l'amour de la maturité, celui d'après, celui auquel personne ne songe, et pourtant, l'amour de la première rencontre n'est qu'une niaiserie à côté de l'amour conjugal. On sait bien ce que c'est que d'être amoureux, de vivre dans un monde vaporeux et irréel, transporté par la passion, mais qu'est-ce que vivre avec une femme ? Qu'est-ce que prendre femme ? Et connaître une femme, après qu'on l'a vue donner naissance à un enfant. Si l'amour, ce n'est que les caresses du commencement, alors l'amour ne m'intéresse pas. Si l'amour dure l'espace d'un baiser, si l'amour meurt, alors cela ne me concerne pas, si l'amour consiste à tomber amoureux, à vivre quelques mois de bonheur absolu, alors cela ne me dit rien d'aimer. Si l'amour c'est aimer plusieurs fois, plusieurs hommes, plusieurs corps, alors je ne veux plus qu'on m'en parle. Si l'amour c'est sentir son cœur palpiter seulement lorsqu'on croit qu'on va perdre son amour, alors cela ne me suffit pas. Et même si l'amour évolue, je veux croire qu'il existe. Sinon il m'importe peu de vivre.

Profitant de ce que le bébé dormait, je me plongeai dans un livre, *Stimuler les neurones de votre bébé*, où j'appris qu'il fallait éveiller le bébé dès le plus jeune âge, et même *in utero*. Il était important de lui donner les connexions neurologiques pour développer son cerveau, à savoir : éviter de prendre des drogues ou de l'alcool lorsqu'on allaite, converser avec lui et s'exclamer lorsqu'il babille : « Bravo ! » pour lui montrer qu'on est très content, le faire jouer, être attentif, lui lire des livres pour bébés dès le plus jeune âge pour l'habituer à la lecture, utiliser le moment du change pour construire les relations émotionnelles avec bébé, répondre lorsqu'il pleure, le masser trois fois par jour pour réduire son stress, lui chanter des chansons en faisant « ainsi font » avec les mains, faire du temps des repas un moment agréable et convivial, exprimer en toutes circonstances de la joie et de l'intérêt pour le bébé et éviter de lui faire porter le poids de son angoisse. Je refermai le livre, épuisée déjà à l'idée de la mise en place de ce programme.

Comme c'était loin l'Italie. Comme c'était loin, comme c'était proche.

Finie la relation construite par l'amour de deux corps emmêlés.

Fini San Francisco, les grands buildings vers le ciel immense, et la folle équipée sur la route numéro 1, les sourires de connivence, une main qui se pose sur une main posée, un baiser qui ose sur les lèvres mouillées.

Finies les nuits magiques, folles nuits de bar traversées de rires.

Finis les hommes qui pleuvent comme dans la chanson, finies les chemises qu'on enlève, les torses qui se frôlent. Fini le romantisme, finies les belles destinations, adieu les rêves, les incantations. Finis la ville gothique, les nuits plastiques, les jours dynamiques, les soirées magiques. Finie la passion.

Adieu Venise la romantique, adieu les rêves prolifiques, l'Asie et puis l'Afrique, et adieu l'Amérique.

Finies les lumières tamisées dans la nuit, cocktails et grands fauteuils, chaud-froid des murs et des meubles, pièces carrées, serveuses en minijupes et serveurs maniérés, veste et jean, et le sombre éclat de la fumée, la séduction feutrée, calfeutrée, lits moelleux, ambiance du jour, ambiance de nuit. Finies les chanteuses à robe ajourée, et les voix qui s'étirent jusqu'à 4 heures du matin ; fini le rythme qui enveloppe, dans la vapeur du cigare, la fumée de l'alcool, juste écouter et regarder, rire au milieu des paroles, parler au milieu des rires, se pencher vers l'oreille, écouter les accents de la ville, les hauts et les bas, d'une mélancolie gaie, d'un délire subtil, d'une femme qui se plaît à évoquer on ne sait quoi, de romantique et triste, de passé, une contemplation sombre et douce comme la vie, finie la légèreté !

Je suis la femme délaissée, la femme enchaînée par la vie, la femme hébétée, je suis la femme qui se tait, qui en silence se déplaît, qui tout bas sait qu'elle s'est laissé traverser par les années, je suis l'apôtre du quotidien, la femme blessée, qui ne se relève pas, la femme glacée, qui mesure ses pas. Je suis la femme voilée, qui voile ses pensées, la femme soumise, qui compte ses pas.

Je suis la femme aux mains jointes, je prie en silence, et d'or et de ciel l'aube pointe, et je ne dors pas, je suis la femme douce, doucement révoltée, en murmurant je pousse le landau d'un bébé.

Je suis la femme abolie, qui en toutes ses nuits vit l'abominable nostalgie de tout ce qu'elle a omis de vivre.

Ce jour-là, je m'en souviendrai toujours. Comment l'oublierais-je ? Il faisait beau sur Paris. Peut-être que c'est à cause de cela que l'on s'est séparés. Parce qu'il faisait beau sur Paris.

Pour une fois, la grisaille avait laissé place à un soleil radieux avec un vent sec et froid qui fouettait le visage.

Je téléphonai à ma sœur, pour lui donner rendez-vous dehors dans un café. J'avais envie de prendre un grand crème sur une terrasse.

– Quoi, tu t'en vas ? demanda Nicolas.

– J'ai rendez-vous avec ma sœur... J'ai envie de sortir. Ça fait huit mois que je n'ai pas pris de café dans un café.

– Mais je t'ai dit que je voyais Anthony cet après-midi !

Anthony en effet venait d'arriver. Il fit tomber son casque de motard, réveilla la petite, qui se mit à hurler, je la pris, sur quoi il me dit :

– Tiens-lui la tête, non ?

Je lui répondis de se mêler de ce qui le regardait, j'en profitai pour la changer, la petite somnola à nouveau, je la mis dans les bras de Nicolas :

– Salut ! j'y vais.

– C'est ça, oui.

– Quoi ? Tu n'es pas content ?

– Non je ne suis pas content. Comment veux-tu que je m'occupe de la petite et que je voie Tony à la fois ?

– Je croyais qu'Anthony voulait voir la petite.

– Oui ! dit Anthony. Super ! Maintenant que je l'ai vue, on peut s'en aller ?

Je le regardai d'un air noir.

– Bon je m'en fous, moi j'y vais.

– C'est ça, dit Nicolas, agressif.

– Tiens, tu veux que je prépare un biberon ? dis-je en commençant une stérilisation au micro-ondes.

Je mis de l'eau dans le bocal, lavai le biberon puis le plaçai dans le récipient.

– Tu fais n'importe quoi, dit Nicolas. Tu ne regardes même pas les dosages pour l'eau du stérilisateur.

– Je te signale que je fais des stérilisations tous les jours.

– Arrête, tu vois bien que tu fais n'importe quoi.

– C'est un comble, ça. Je suis sa mère, je sais bien ce que je dois faire.

La petite hurlait à présent.

– Bon, tu veux que je reste, dis-je. C'est ça ? Dis-le, si tu veux que je reste.

– Non, je veux que tu partes.

Je pris ma veste et je filai. Arrivée en bas, je l'appelai sur le téléphone portable.

– Je t'interdis de m'humilier devant tes amis.

– Et toi, tu ne trouves pas ridicule d'entrer en compétition avec Anthony ? Tu es jalouse, même de mes copains !

– Et toi tu n'as d'intérêt que pour tes copains... Ou pour des nurses.

– Tu es pathétique.

Sur ces paroles, il me raccrocha au nez.

Folle de rage, je remontai les escaliers quatre à quatre.

– Voilà, j'annule, dis-je.

– C'est ça, annule, moi je pars.

– Je te l'interdis !

– Tu viens Tony, on s'en va.

– Si tu pars, je prends la petite et on ne se reverra plus jamais.

– Si tu la kidnappes, je vais chez les flics et je dépose une main courante.

– C'est toi qui quittes le domicile conjugal !

Il est parti. J'ai emmitouflé la petite. J'ai jeté quelques affaires dans un sac. Je suis partie.

Je pris un taxi en ruminant ma haine et en essayant de faire le point sur la situation. De thésarde, j'étais devenue mère au foyer. De mère au foyer j'étais devenue SDF. Jusqu'où descendrais-je ?

Ma sœur m'accueillit, surprise de me voir avec mon bébé et mes affaires. Je lui demandai si je pouvais venir chez elle quelques jours. Cela tombait bien, son mari et ses enfants étaient chez ses beaux-parents. Ma mère en avait profité pour venir la voir.

Je retournais vivre avec ma mère et ma sœur comme au bon vieux temps où nous étions toutes les trois sans homme. D'ailleurs ma mère arriva de la cuisine, la mèche rebelle, le tailleur rose, l'œil vif sous une abondante couche de mascara, m'accueillant comme si c'était naturel, pas étonnée du tout de me trouver seule avec la petite.

– Ta fille est trop proche de toi, observa-t-elle pendant le repas. Elle ne va jamais pouvoir prendre son indépendance. Plus tard, il lui sera très difficile de vivre en couple. Tiens, mange encore un peu !

Sans attendre mon accord elle remplit mon assiette de trois tranches de veau.

– Tu devrais venir passer quelques mois à mes côtés,

je m'occuperais bien de toi et je t'aiderais à te défaire de ta fille.

Ma mère pensait que j'étais toujours son bébé. Je crois qu'elle n'a jamais compris que j'avais grandi. Les psychologues de l'enfance ont démontré que le nourrisson ne fait pas la différence entre la mère et lui. La réciproque était également vraie dans le cas de ma mère.

– Tu as trouvé une nounou ?

– Oui... enfin non, pas tout à fait.

– Fais bien attention ! Tu n'as pas vu ce documentaire américain sur les caméras qui filment les nurses pendant que les mères sont au travail. Pas de promenades avec la crème solaire indice cent soixante-dix, pas de Mozart ni de lectures de contes charmants, non ! Le bébé se retrouve au salon en train de visionner des cassettes porno en compagnie de la nounou et de son chéri, avec pour tout repas sa tétine enfoncée jusqu'aux amygdales pour ne pas qu'il braille trop fort, pendant que les deux autres dévorent les carottes bio achetées pour ses petites purées, eh oui, l'amour ça creuse ! Et je te signale qu'en bas de chez toi, j'ai vu des nounous qui passent leur temps à téléphoner sur leur portable pendant que les enfants se font tabasser par les plus grands à coups de pelle dans le bac à sable. Sans parler du cas de la nounou qui a frappé le bébé, et la police qui a mis les parents en prison car elle les avait accusés de maltraitance !

– Merci maman, c'est très rassurant ce que tu dis.

– Mais non ! Pas de panique ! Ta mère est là pour t'aider ! Loin de moi l'idée de te terroriser, car il est de bon ton aujourd'hui d'éviter de rendre les mères anxieuses mais je peux te dire que le mieux, pour toi et pour ton bébé, c'est tout simplement d'éviter les nounous et d'avoir recours à la personne qui te connaît et te chérit le plus au monde : ta mère. Et ne va pas me dire que tu préfères ta belle-mère. Tu sais bien qu'elle ne veut pas que tu allaites. Tout ça parce qu'elle-même n'a pas allaité ! D'ailleurs, regarde ce que ça donne sur ton compagnon : un enfant non allaité, c'est un futur homme qui n'aura aucun cœur, aucune générosité, et qui rendra sa femme très malheureuse !

Le téléphone sonna. C'était Daniel, le mari de Katia. Celle-ci disparut dans sa chambre pour lui parler pendant que ma mère en profitait pour me recommander de m'occuper de ma sœur. Pourquoi fallait-il que ce soit toujours moi qui doive partir à la rescousse de ma sœur bien que cette dernière ait cinq ans de plus que moi ? Ma mère insistait, ma sœur avait des ennuis avec son mari.

– Appelle ta sœur de temps en temps, c'est tout ce que je te demande.

– Tu sais très bien pourquoi je ne l'appelle pas.

– Oui, mais c'est fini tout ça, ce sont des histoires anciennes... Et puis, je ne veux plus rien entendre. Tu n'es qu'une ingrate. Quand je pense à tout ce que j'ai fait pour toi.

– Qu'est-ce que tu as fait pour moi ?

– Qui t'a poussée à faire des études, qui a insisté lorsque tu as voulu arrêter tes cours de danse, qui venait t'applaudir dans ton ridicule petit tutu rose lorsque tu étais au fond de la scène parce que tu étais la plus nulle du cours ! Et qui était ta plus fervente admiratrice à tes matchs de handball pendant lesquels tu passais ton temps à courir à droite puis à gauche derrière le peloton sans jamais toucher une balle ! Et quand tu étais bébé et qu'on se trouvait en vacances en Turquie, qui a fait tout le pays pour t'acheter du lait ?

Eh oui, la dette, cette fameuse dette, le lait, revenait

toujours entre nous. Bien sûr, derrière le lait, se cachait la dette immense, inépuisable, celle que je ne cesserais jamais de payer à ma mère, et qui me poursuivrait toujours par la culpabilité car elle est infinie : la dette de la vie que ma mère m'a donnée.

Ma mère finit par partir. Je ne voulais pas lui dire que je m'étais fâchée avec Nicolas, cela lui aurait fait trop plaisir de pouvoir entrer dans ma vie comme dans celle de ma sœur.

J'endormis le bébé dans la chambre du petit Joseph, et je m'étendis sur le lit. J'étais épuisée.

Ma sœur se glissa dans la chambre, s'assit dans le fauteuil.

Après deux accouchements, elle était devenue grosse, elle qui était si mince. Elle avait un double menton, des formes qu'elle dissimulait sous d'amples chemises, un chignon et des lunettes qui lui donnaient l'air d'une institutrice en colère.

Je me souviens des disputes avec ma sœur, lorsque je partageais une chambre avec elle. Nous avons cinq ans d'écart, et des chemins de vie très différents. J'ai choisi la voie des études, en faisant de la philosophie, d'une façon académique et interminable, et Katia a commencé une carrière de violoniste qu'elle a abandonnée après la venue au monde de son premier enfant.

Au début, Katia était jalouse de moi, la petite sœur qui recevait toutes les attentions. Puis ce fut l'inverse, lorsque, en grandissant, je me transformai subitement en une adolescente replète, alors que Katia, toujours mince et svelte, devenait de plus en plus belle, avec ses cheveux de jais qui lui descendaient jusqu'aux reins, ses yeux verts ourlés de sourcils arqués et son sourire éclatant. Moi je portais des bagues en haut et en bas de la bouche pour redresser mes dents de travers et des lunettes rondes assez grotesques choisies bien entendu par ma mère. La préférence de cette dernière allait nettement à sa fille aînée qui était si belle, alors qu'elle ne cessait de me dire : « Ma fille, écoute bien ceci, quand on a un physique ingrat, il vaut mieux compenser par l'intellect. »

– Alors, Barbara, dit Katia de sa façon bien à elle, avec sa voix grave, sans laisser paraître aucune émotion. Qu'est-ce que tu fais ici ?

– Je suis partie. Ça ne va plus du tout avec Nicolas. J'en ai marre...

– Tiens, c'est drôle, toi aussi... Je suis contente que Daniel soit parti avec les enfants. Cela me laisse un peu de temps pour penser à ma vie... Tout va changer. Tu sais que nous allons bientôt déménager.

– Ah oui ? Dans quel quartier ?

– A Blois.

– En province !

– Pourquoi pas ? Il n'y a pas que Paris tu sais. Ici, je me sens seule, désemparée, inactive. Maintenant que les enfants sont plus grands et qu'ils vont à l'école, je m'ennuie. La moindre activité coûte très cher.

– Oui, je vois... Mais Blois. Tout de même...

– C'est mieux que d'être là à tourner en rond, ne pas arriver à respirer à cause de la pollution... Tu verras, avec le bébé, ajouta Katia, le stress que c'est de vivre ici. Tu comprendras que je veuille partir.

Ainsi donc, cela continuait. Nous n'avons jamais les mêmes idées ni les mêmes goûts, et il faut toujours que nous nous mettions en opposition. Katia et moi avons une façon étrange d'entrer en résonance, comme si ce que je disais la remettait entièrement en cause et vice versa.

– Connais-tu l'expression « métro-boulot-dodo », poursuivit-elle, eh bien, tu vas bientôt découvrir la suite : « bébé-métro-boulot-bébé-dodo ».

– Maman et toi vous avez une drôle de façon de me remonter le moral.

– Oh ça va, ne le prends pas mal... Je ne voulais pas te vexer, tu sais...

– Tu ne m'as jamais épargnée, Katia. Toutes les deux, maman et toi, vous ne m'avez jamais fait de cadeau. Vous m'avez toujours considérée comme le vilain petit canard. Vous m'avez toujours écrasée. Je ne sais pas pourquoi je vous supporte. D'ailleurs, je ne sais pas pourquoi je suis ici. Je vais m'en aller, tiens..., dis-je en me levant.

– Où vas-tu ?

– Je ne sais pas.

– Arrête, ne pars pas. Reste ici. S'il te plaît.

Katia me considéra, l'air grave.

– C'est vrai, Barbara. Je t'ai toujours fait payer le prix de mes propres problèmes, sans jamais t'aider ni te protéger comme j'aurais pu le faire... Par exemple, j'aurais dû te prévenir.

– De quoi ?

– De ce que c'est que d'avoir un enfant. Pour moi par exemple, tu crois que tout est toujours rose ? C'est dur pour tout le monde.

– A mon avis, tu acceptes beaucoup trop de choses. On dirait que tu es enfermée dans des devoirs.

– C'est vrai, la maternité c'est un devoir, dit ma sœur. J'ai un mari, deux enfants, un bel appartement, et j'ai envie de tout plaquer et de partir, est-ce que c'est possible de le dire, ça ?

– Non... en fait, oui, c'est possible. Il faut se l'avouer et le dire. Je crois qu'il faut avoir ce courage-là.

– Toi tu l'as fait.

– Oui, enfin, je ne sais pas si c'est une victoire.

– Pourquoi tu es partie, Barbara ?

– C'est difficile l'amour dans les couches-culottes. J'en peux plus de cette vie, et je ne sais pas quoi faire pour en sortir. Je crois que je suis faite pour autre chose que de tenir une maison.

– A qui le dis-tu ! J'ai construit toute ma vie autour de ma petite famille, et maintenant, c'est trop tard pour moi.

– Mais tu aimes tes enfants... Tu es heureuse avec eux...

– Oui mais... je suis passée à côté de tout : de ma jeunesse, de mes études, de ma féminité même.

J'ai regardé ma sœur avec attention. Avec ses cheveux tirés en arrière et ses lunettes, son teint blafard, elle me faisait de la peine. Elle me faisait de la peine et elle me faisait peur, comme une mauvaise caricature de moi-même.

– Ce n'est pas trop tard, voyons. Il faut faire quelque chose, te secouer. Maigrir, faire du sport.

– C'est facile à dire...

– Tu as déjà commencé en t'inscrivant en fac d'histoire de l'art.

– Oui bien sûr... Mes cours au Louvre avec les petites vieilles, c'est un peu pathétique, non ?

– Un peu, oui.

A ce moment, la petite se mit à pleurer. Elle n'arrêtait jamais. Elle m'épuisait. Je n'avais pas un instant de répit, même la nuit. J'avais l'impression d'être dans le film *L'Aveu* de Costa Gavras, lorsqu'on torture le héros en l'empêchant de dormir.

A dix mois, Léa ne faisait pas ses nuits. Elle refusait de s'endormir seule. Pour la coucher, après la crise de larmes, il fallait la bercer, lui donner à boire du lait, la tenir dans les bras, simultanément ou successivement, puis la reposer doucement dans le lit pour qu'elle ne se réveille pas, sinon il fallait recommencer toute la cérémonie de l'endormissement : la bercer, lui donner à boire, la tenir dans les bras... La nuit, elle se réveillait entre trois et cinq fois, et il fallait la rendormir. J'étais épuisée, à bout de nerfs, si fatiguée que j'avais une impression de déréalisation. En journée, je me traînais dans un monde vaporeux qui ressemblait à un décor de théâtre dans lequel il y avait des acteurs, et j'étais spectatrice.

Sur les recommandations de ma sœur, je finis par me rendre chez le Dr Nahum. Le pédiatre spécialiste du sommeil avait son cabinet dans le Marais, non loin de l'endroit où j'habitais. Je suis passée devant chez moi – est-ce que c'était encore chez moi ? – avec un pincement au cœur. Comment avait-on fait pour en arriver là ? J'avais coupé mon téléphone portable pour ne plus avoir de nouvelles de Nicolas et je savais combien c'était cruel de ma part. Il avait dû essayer de m'appeler, et je n'avais pas le droit de faire cela, c'était sa fille et voilà que je l'utilisais pour le faire souffrir. Pourtant, je ne pouvais pas m'en empêcher. Pourquoi agissais-je ainsi ? Par désespoir et par douleur ou parce que je ne l'aimais plus ?

Je suis entrée dans une maison où il y avait une cour intérieure – le Marais chic, côté rue des Francs-Bourgeois non loin de la galerie de Nicolas – et je suis arrivée dans une grande salle d'attente où, sur une table, était posée une pile de *Elle*. J'ai patienté deux heures dans la salle d'attente où se pressaient les mères.

J'appris que Johnny et Laetitia avaient adopté une petite Jade et qu'ils projetaient de lui donner bientôt un petit frère. On voyait le chanteur à la peau burinée et sa jeune épouse, tous deux penchés sur un berceau dans une chambre surchargée de jouets en tout genre, tapis d'activités, poufs et fauteuils de bébé. C'était l'image d'un bonheur rassurant quoique tardif. Peut-être fallait-il avoir beaucoup vécu pour pouvoir l'apprécier ?

A côté de moi, un jeune père aux yeux bleus et aux cheveux savamment décoiffés me regardait à la dérobée. Il était venu seul avec son gros bébé de deux ans. Il me demanda ce que je pensais de Johnny. Il avait un sourire charmant. Il s'appelait Florent et il était séparé de sa femme. Et moi ? Je m'appelais Barbara et j'étais séparée du père de mon enfant. Comme c'était triste.

Non, ce n'était pas si triste. Il était psychologue. Les couples divorçaient souvent dans la première année de l'enfant. Il en savait long sur la question. Nous pourrions échanger nos numéros et nous raconter nos histoires ?

Enfin je rentrai dans le bureau, invitée par le docteur, homme d'une soixantaine d'années, brun aux tempes grisonnantes, séduisant. Derrière son bureau en acajou, il m'observa d'un air radieux. Il prit un papier, écrivit quelques mots sur un cahier, puis me demanda la raison de ma visite.

Je lui expliquai mon problème : le bébé pleurait souvent, j'avais du mal à le calmer, je n'arrivais pas à l'endormir, elle se réveillait entre trois et six fois par nuit, j'étais à bout, je croyais parfois que j'allais la frapper.

– Il est urgent d'acheter un landau, dit le docteur en me lançant un regard bleu perçant.

Il ressemblait à mon père.

– Un landau ! Mais pourquoi ?

– Pour couper le face-à-face avec la mère. Comprenez-moi bien : il y a des barrières qu'il faut impérativement mettre entre les mères et les filles. Vous lui donnez à téter souvent ?

– Toutes les heures à peu près. La Leche League est très fière de moi !

– Etes-vous en conflit avec le père ? Je ne veux pas être indiscret mais il est très important de laisser une place au père, vous savez. Il y a des mécanismes qui, à l'intérieur même du tissu social, participent à l'affaiblissement de la place symbolique du père.

– Pour le moment, je ne vis pas avec le père.

– Pardonnez mon indiscrétion mais... vous vous êtes disputés ?

– Depuis la naissance de l'enfant, nous n'avons pas arrêté. Nous n'arrivons pas à nous retrouver.

– Comprenez-moi bien, dit le Dr Nahum. Le couple est appelé à changer dès lors qu'à la naissance d'un enfant, une femme devient mère et qu'un homme doit prendre la place de père. L'enfant qui arrive dans une famille remet en cause son équilibre, cette arrivée fait évoluer aussi les rôles des membres de cette famille, c'est une ouverture par rapport aux impasses, aux répétitions morbides, une arrivée qui est une porte qui s'ouvre, et qui ne doit pas être une porte qui se ferme, si vous voyez ce que je veux dire. C'est vous qui avez claqué la porte n'est-ce pas ?

– Si on peut dire. Mais c'est lui qui a rendu la vie infernale dans notre maison.

– Pourquoi infernale ?

– Je pense que mon mari est un macho.

– A la bonne heure ! Mais c'est formidable ça ! Nous avons besoin des machos. Je pense que chaque parent a son rôle à jouer, sans confusion des sexes. Il y va de l'équilibre de l'enfant. Les mères aujourd'hui sont toutes-puissantes, il faut les arrêter. Un macho c'est ce qu'il faut pour sauver un enfant de la fusion avec la mère.

– Ah ! vous croyez docteur ?

– Mais oui ! Je vous exhorte à penser que les hommes et les femmes sont différents, depuis la nuit des temps, et j'oppose la logique de la grossesse, celle des femmes, à la logique du coït, celle des hommes.

– Mais docteur ! La révolution féministe, et tout ça...

– Oh, là je dois vous dire stop. Ne me parlez pas de féminisme. Je sais. Personne n'aime être ramené si brutalement à son sexe ni à ses angoisses archaïques. C'est l'histoire de l'humanité qui nous a amenés là où nous sommes aujourd'hui, piégés par ce triangle éternel – le père, la mère, l'enfant – dont nous ne savons plus équilibrer les forces. Et moi je vous dis que les pères et les mères sont perdus, égarés dans la confusion des rôles. Je pense que chacun doit retrouver sa place.

– L'un sur sa moto, l'autre s'occupant du service après-vente chez Darty tout en donnant la tétée ?

– Chère madame. Que les hommes fassent la vaisselle, c'est une chose. Mais il faut qu'ils jouent leur véritable rôle de père. Pas celui des sitcoms et des poncifs à la mode.

– Et quel est le véritable rôle du père selon vous, docteur ?

– C'est celui qui s'interpose entre la mère et l'enfant.

En effet, j'étais seule avec le bébé. Seule avec le bébé : cela voulait dire que c'était à moi de m'en occuper tout le temps. Et pourtant, j'aurais bien voulu que Nicolas s'en charge comme il savait le faire. Et aussi qu'il s'occupe de moi. Je me sentais très bébé depuis que j'avais un bébé. A force de prendre en charge ma progéniture, j'avais très envie que quelqu'un prenne soin de moi, me nourrisse, m'habille, me berce. J'avais plus besoin de cela que d'autre chose. Au lieu de quoi, je me trimballais, errante, avec un sac et un bébé sous le bras, lequel hurlait comme si quelque chose lui manquait. Quelque chose ou quelqu'un ?

Qui pouvait m'aider à comprendre ce qui m'arrivait ? Certainement pas ma mère. Ni ma belle-mère, ni ma sœur qui ne s'en sortait pas. Et encore moins les philosophes. Les philosophes que j'avais tellement fréquentés, tous ces grands esprits qui avaient si bien pensé le monde ne m'étaient d'aucune aide parce qu'ils glosent sans cesse sur la question de l'autre, sans penser que ce qui se joue dans l'autre, par l'autre, se joue dans le couple et dans l'amour. Que le visage de l'autre, c'est celui de mon ami, mon compagnon, mon enfant. C'est ce visage-là que je vois et qui me pose question dans ma vie. La métaphysique est mon quotidien. Mais cela ne me dit pas ce que je dois en faire. Et les philosophes avec toute leur philosophie n'ont pas été capables de penser à cela, ni de nous dire pourquoi nous n'y arrivons pas, pourquoi nous nous aimons puis nous ne nous aimons plus, pourquoi nous nous donnons infiniment l'un à l'autre pour nous quitter peu après, pourquoi l'enfant qui est la consé-cration de l'amour est aussi son fossoyeur, comment s'aimer toujours, comment s'aimer et rester amoureux, à jamais, mais si c'est impossible qu'on nous le dise, si c'est un mythe occidental, qu'on nous le dise, et qu'on en finisse une bonne fois pour toutes avec ce grand mensonge.

Tout ce que j'avais appris, loin de m'aider, m'iso-lait : encerclée par les concepts, j'étais incapable de faire survivre mon couple. J'avais fait toutes ces études, j'avais lu tous ces livres pour rien : pour me retrouver désarçonnée devant un petit d'homme. Je savais tout, je connaissais les pages les plus absconses de Hegel, Kant ou Leibniz, mais face à la vie, j'étais démunie. Je n'arrivais pas à savoir la chose la plus élémentaire et la plus importante : comment sauver mon amour ?

Je n'arrivais pas à sortir de ma haine, mon désespoir, mon manque, ma rage d'être seule, de ce que notre histoire se termine comme toutes les autres, que notre histoire se termine.

M'approchant de Léa, j'appliquai les principes de Françoise Dolto selon lesquels il faut tout dire à son bébé :

– Pourquoi pleures-tu ? Tu as envie de voir papa ? C'est pour ça que tu pleures ? Tu sais, papa et maman se sont fâchés, et maman aussi est très malheureuse, et toi aussi tu as beaucoup de peine, mais bientôt, oui bientôt, peut-être que tout sera comme avant...

Miracle doltoïen ou pur fantasme ? La petite s'arrêta de pleurer et me sourit. Mais c'était moi qui pleurais.

Je rallumai mon portable. Depuis deux jours, j'avais reçu trente-six appels de Nicolas, que je n'avais pas pris. J'avais aussi reçu des SMS dans lesquels il me disait de revenir à la maison puis des messages furieux dans lesquels il me disait de lui ramener sa fille. Sa fille... Je ne répondis pas.

Non, c'était stupide. On s'aimait. Que s'était-il passé ? J'avais envie de l'appeler. Non, je n'avais pas le courage de le faire. Je laissai mon portable allumé. La sonnerie retentit, c'était un numéro que je ne connaissais pas. Je pris le téléphone, peut-être était-ce Nicolas qui se croyait filtré et qui tentait de me joindre par un autre numéro ? Mon cœur battait la chamade à l'idée de l'entendre.

Au bout du fil, il y avait la voix mélodieuse de cet homme que j'avais rencontré dans la salle d'attente du pédiatre. Florent Teissier m'invitait à dîner pour le jour suivant. Déçue que ce ne fût pas Nicolas, j'acceptai tout de même. Cela faisait si longtemps qu'on ne m'avait ainsi sollicitée.

Mais il fallait que je trouve une nounou pour le lendemain soir. D'autant que ma sœur avait pris la décision de partir en vacances, seule, pour la première fois depuis son mariage. Qu'allais-je faire ? Allais-je organiser un deuxième casting de nounous ? Je télé-phonai à Nicolas en prenant le prétexte de lui demander son avis.

Il me répondit avec froideur, comme s'il ne se sentait pas du tout concerné. Je sentis combien il souffrait de notre absence, et probablement encore plus de celle de sa fille que de la mienne.

Il arriva, le soir, chez ma sœur, après le travail. Il avait l'air fatigué, mais il était beau, dans son costume, avec sa cravate noire, c'était un autre Nicolas, aminci, musclé, plus mûr qu'avant la naissance, qui m'annonça qu'il avait pris sa décision : vendre sa galerie. Il venait d'accepter l'offre qui lui était faite de travailler chez Friedrich et Friedmann, le cabinet de conseil de son oncle.

J'étais bouleversée de le voir. Comment avais-je fait ? Comment avait-on fait pour en arriver là ? Pour-quoi étais-je chez ma sœur où ma mère arrivait tous les jours sous des prétextes divers ? Pourquoi me sen-tais-je rejetée ?

Lui n'avait pas l'air ému. On aurait dit que quelque chose était cassé. Il venait voir l'enfant, pas moi. Il me parla à peine. Il n'avait d'yeux que pour le bébé. Il la regardait sourire, saisir des objets, pleurer puis se consoler avec ses peluches, manger, en faisant des mimiques surprises ou dégoûtées, en fronçant son petit nez...

Je compris qu'il était venu pour elle. Son cœur entier pour l'enfant. Pour elle, il avait laissé tomber sa galerie et les principes de sa vie. Moi, en cet instant, je ne savais plus ce que je pensais. Pour elle, j'avais tout perdu, tout remis en question. J'accourais au moindre de ses désirs. Je lui donnais sans compter. Je me tenais là, derrière lui, à le regarder la regarder, la prendre dans ses bras, jouer avec elle, entre la tendresse et la colère, entre le dépit amoureux et la fierté maternelle.

Et si on arrêtait de dire que le bébé est une personne ? On nous a trop dit qu'il était une personne, c'est peut-être pourquoi il nous remet tant en cause, il est le troisième élément qui, comme dans le roman de Simone de Beauvoir, détruit le couple. Mais si on s'intéressait plutôt au couple, le bébé s'en porterait peut-être mieux car il pourrait vivre avec son père et sa mère, et non en couple avec l'un des deux seulement. On a inventé le bébé en faisant croire qu'il avait une place dans la société, il est en train de prendre toute la place. Mais qui « on » ? Qui a inventé le bébé ? Rousseau bien sûr en prônant l'allaitement, puis Dolto en lui donnant la parole, Winnicott, Bruner... tous les psychologues de l'enfance qui persistent à nous faire croire que le bébé est une personne. Et surtout, le Dr Freud nous a culpabilisés sur le bébé en montrant que tout se jouait avant trois ans. C'est lui qui a posé la couronne sur la tête de « Sa Majesté le bébé ». Sans cesse en demande, il est devenu le roi qui règne sur tous les sujets. Avec lui, le cortège des misères : on a mis dix ans à se débarrasser de ses parents, ils sont de retour en force. On a mis dix ans à connaître ses désirs, on est sous le règne absolu et tyrannique de son désir. On flottait dans les hautes sphères intellectuelles ou sentimentales, on est suspendue à ses rots.

J'avais envie de retrouver Nicolas, de parler avec lui, simplement de le serrer dans mes bras – mais je n'osais plus. Comme je souffrais. Je souffrais de sa présence. Je souffrais de son absence. Je souffrais de sa souffrance.

Je pensais à avant.

Avant, c'est-à-dire dans une autre vie.

Avant, j'étais un homme. Une femme. Un enfant. Alternativement. Après, juste une mère.

Après, je ne parlais plus de rien, je ne parlais que du corps et de ses choses. On nous dit de le tenir droit, fin, opaque, innocent et surtout lisse, et d'un coup, tout s'effondre. Il est mou, énorme, se couvre de stries. On nous dit de le cacher et soudain il envahit toute la vie. On nous dit de faire du sport, et du régime, et soudain, il prend dix kilos.

On nous dit : Travaillez toute la journée, gagnez de l'argent, c'est la clef de votre liberté, et soudain, je ne peux plus travailler, plus rien faire, j'apprends à ne rien faire, et je culpabilise et je m'exclus de la société. Il ne me reste que le groupe des femmes allaitantes.

Avant, j'étais belle, j'avais les yeux de la jeunesse. Désormais, je vois tout avec distance. Avant, j'étais libre et insouciante, maintenant je suis responsable. Avant, j'étais idéaliste. Je suis devenue réaliste. J'ai changé de catégorie existentielle, j'ai changé les repères de l'espace et du temps, j'ai changé l'a priori de la perception, j'ai abandonné tous mes rêves.

Avant j'étais amoureuse. Après notre relation fut impossible. Il y avait une barrière entre nous, une barrière physique infranchissable, et cette barrière, c'était Léa. Le troisième élément, c'était le bébé. C'était elle, l'enfant de notre amour, le destructeur de notre couple.

A la fin, sur le pas de la porte, il me dit :
– Vous rentrez quand à la maison ?
Avec patience, sans énervement.

Cependant, blessée par son attitude, je m'enferrai dans mon orgueil, lui répondant que je ne voulais pas rentrer, que les problèmes entre nous n'étaient pas encore résolus. En fait j'aurais voulu qu'il insiste, qu'il supplie, qu'il se mette à genoux, qu'il demande pardon. Mais il ne dit rien. Il me regarda, l'air absent. Le regard durci.

Après le départ de Nicolas, je gardai la petite dans mes bras.

Un cheveu blanc sur ses cheveux blonds. C'était le mien. Je vieillissais alors que ma petite s'éveillait à la vie. Mon bébé était la nouvelle force et j'étais l'ancienne. Ma vie était finie. Je pensais à Nicolas, qui ne m'avait même pas regardée. J'avais accompli ma mission, je pouvais en finir. La fenêtre était là, ouverte devant moi. Il n'y avait qu'un pas à faire. J'étais tentée, j'étais aspirée par le vide. Il suffisait d'un pas, et tout serait terminé.

Je posai l'enfant dans le berceau ; elle souleva la main et la tendit vers moi. Elle m'empêchait de partir. Elle me retenait. Ou c'était moi, peut-être, qui ne me détachais pas d'elle ?

Quelqu'un sonna à la porte. Mon cœur sursauta... Si c'était Nicolas, j'allais lui dire que je rentrais, tout de suite, sans condition, sinon c'est sûr, j'allais me jeter par la fenêtre.

Mais ce n'était pas Nicolas. La nouvelle nounou venait d'arriver. Dans ce brouillard qu'était ma vie, j'avais oublié que je lui avais donné rendez-vous. Elle s'appelait Parvati, elle était indienne, et elle avait deux petites filles. Elle semblait douce et elle était croyante. Elle croyait dans le Bouddha. Elle écoutait des mantras. Peut-être avait-elle raison ? Peut-être fallait-il sacrifier à autre chose qu'à son enfant pour pouvoir l'élever et s'élever avec lui ?

Elle lisait un petit livre que je feuilletai : selon le bouddhisme, il existe quatre nobles vérités : la souffrance, la cause de la souffrance, c'est-à-dire le désir égoïste, la cessation de la souffrance, c'est-à-dire le Nirvana, et la voie du Juste Milieu.

La naissance est souffrance, la vieillesse est souffrance, la maladie est souffrance, la mort est souffrance ; être uni à ce qu'on n'aime pas est souffrance, être séparé de ce qu'on aime est souffrance, ne pas avoir ce qu'on désire est souffrance ; en résumé : les cinq agrégats de l'attachement sont souffrance. Quelle est la noble vérité sur la fin de la souffrance, c'est la cessation complète, l'extinction totale du désir dont il faut se détacher afin d'être libéré.

La jouissance des sens constitue le plus grand et l'unique bonheur de l'homme ; il est indéniable qu'il existe une sorte de bonheur dans l'attente, la plénitude et le souvenir de ces plaisirs passagers, mais ils sont illusoires et temporaires. Oui, selon le Bouddha, l'absence d'attachement est une félicité encore plus grande.

Pourtant, j'étais attachée à elle et à lui. Mon compagnon, père de mon enfant, et elle, ma petite : un lien solide s'était tissé entre nous. Cela n'avait rien à voir avec la passion amoureuse. C'était quelque chose de viscéral et d'évident, de naturel et d'originel. Quelque chose d'organique et d'indéracinable.

Peut-être était-ce cela, l'amour ?

Les frères Costes ont animé tout Paris. Patiemment, un à un, ils ont repris un certain nombre d'établissements dans des points stratégiques de la capitale, y insufflant un vent de New York, avec musique, ambiance feutrée, serveuses en petites robes noires ou en pantalons noirs moulants, apportant sans sourire des plats minimalistes à leur image.

Florent était là, sur son trente et un, battant la mesure de sa jambe. Il portait un costume sombre, élégant, une chemise aux rayures vives, ses yeux bleus brillaient. Il commanda deux coupes, m'en offrit une, trinqua à l'enfant, puis à l'enfance. Il était charmant, parlant de choses et d'autres.

Selon lui, le problème est que les parents veulent faire taire le bébé, le rendre gentil comme un enfant idéal. Mais c'est la pulsion de vie qui se manifeste par cet enfant qui force sa famille à se remettre en question, à écrire un nouveau chapitre, et pourquoi pas à changer de vie s'il le faut. L'important était d'être en accord avec son désir, et de le connaître sans se laisser envahir par la culpabilité.

– Vous ne croyez pas, Barbara ? Vous savez que vous êtes très jolie ce soir ?

– Merci, Florent. Mais je ne me sens pas particulièrement belle en ce moment.

– Vous savez, dans mon cabinet, j'ai l'habitude de
voir des jeunes mères au narcissisme défaillant, je
pense qu'il est important de reconstruire leur image.

– Et c'est pour cela que vous vous dévouez pour
elles ? Que vous les emmenez dîner en leur disant
qu'elles sont belles ?

– Non, Barbara, à vrai dire, vous êtes la première femme
depuis mon ex avec qui je ressens... une connexion, pour
ne pas dire une... fascination. Parlez-moi de vous. Etes-
vous heureuse, Barbara ?

Cette question piège. Tous les hommes la posaient
pour savoir si une femme prise était tout de même un
peu libre. Etes-vous heureuse ? C'était une litote en
somme qui signifiait : êtes-vous amoureuse ? Oui,
bonne question, Florent. Qu'est-ce que le bonheur ?
Est-ce d'être amoureux, ou d'avoir un enfant ? Il y a
dans la vie des moments si intenses qu'on ne se pose
pas la question. Mais la plupart du temps, quand on se
la pose, c'est qu'on n'est pas heureux. Il y a des bonheurs inouïs, absolus, qui disparaissent, et il y a des
bonheurs calmes et discrets qui savent s'installer au
salon, autour d'un verre de thé. Ce sont aussi des
moments de bonheur.

– Vous avez revu votre compagnon ? poursuivit-il
sans attendre ma réponse.

– Nicolas ? Oui je l'ai revu.

– Et alors ?

– Rien... il ne s'est rien passé. C'est le statu quo
pour l'instant.

– Si je peux me permettre un conseil. Si vous voulez
mon avis, Barbara...

– Oui ?

– Ne précipitez rien, surtout. Donnez-vous un peu de temps. Je comprends votre désarroi mais vous savez, ajouta-t-il en me prenant la main, croyez-moi, en tant que praticien je peux témoigner que la vie est pleine de surprises... Il existe des tribus au Tibet qui ne connaissent même pas la notion de mariage. Ils ont des enfants mais chacun vit séparément... Chacun doit inventer sa vie, sans se soucier des codes établis par la société. N'en dites pas plus, et laissez-vous faire...

Je n'en dis pas plus parce que Florent était en train de déposer un baiser sur mes lèvres...

Non loin de nous, dînait Anthony, l'ami de Nicolas.

En fermant la portière de mon taxi ce soir-là, je ne comprenais plus rien à ce qui m'arrivait. Je m'étais sentie bien avec Florent. Lorsqu'il avait pris ma main, j'avais senti mon cœur s'embraser... Comme avant, alors que je croyais que toute flamme en moi était éteinte à jamais. Qu'allait dire Nicolas lorsqu'il allait apprendre que j'avais dîné avec cet homme ? Je faisais confiance à Anthony pour le lui raconter dès ce soir. Et le baiser ? Il y avait eu le baiser, sans équivoque.

En fait, je m'étais sentie femme, par cette soirée, pour la première fois depuis longtemps, depuis l'accouchement. Je me sentais femme comme je ne l'avais jamais été. Avant, je pensais qu'être une femme c'était avoir un enfant et allaiter ; mais je me rendais compte que pour passer pour une femme et non un animal, il fallait cacher cet état, ne pas dire, ou ne pas montrer qu'on allaite, qu'on est enceinte, qu'on accouche, qu'on a une épisiotomie. Tout cela ne participe pas de l'Eternel Féminin. Même Nicolas ne me regardait plus comme une femme lorsque j'allaitais. Je m'endormis en pensant à Florent, en m'imaginant dans ses bras. C'était un rêve plein de douceur.

Le lendemain matin, en regardant mon portable, je ne fus pas étonnée de trouver un SMS de mon compagnon. Il disait qu'il savait tout. Ainsi donc, je l'avais déjà remplacé. J'étais ignoble. Il était déçu. Il était en colère. Il voulait prendre sa fille. Il venait la chercher le soir même.

A contrecœur, je commençai à préparer les affaires de la petite. Au fond de moi, une excitation montait. J'allais être libre, alors ? Libre de sortir, de séduire, de voir Florent, d'aller au cinéma, en boîte, au restaurant, de voyager ? J'avais envie de faire tout à la fois. J'étais excitée comme une adolescente à qui l'on accorde la permission de minuit.

En donnant le sein à Léa, je me dis que c'était peut-être la dernière fois, car si la petite allait chez son père, elle serait nécessairement sevrée. Comme si elle l'avait compris, Léa détourna la tête lorsque je lui mis le sein dans la bouche. Elle boudait. J'en eus le cœur serré. Comment pouvait-elle me sevrer ? Comment allais-je me passer d'allaiter ?

Nicolas, lorsqu'il vint la chercher, resta glacial. Il était plein de haine et de ressentiment. Je me résolus à les voir partir. Lorsque je compris que le bébé s'éloignait de moi, mon cœur fit un bond dans ma poitrine, comme s'il partait avec eux, mon cœur.

En laissant l'enfant, ce fut comme une partie de moi que j'abandonnai. En me séparant de mon enfant, je compris que nous étions inséparables. Sans elle, je ne me sentais plus entière. Quelque chose me manquait, quelque chose qui m'avait toujours constituée. Me promener dans la rue, faire les courses, seule, était incongru. Elle me manquait, comme si moi-même je me manquais.

J'avais mal physiquement de ne plus lui donner à téter, mes seins lourds se remplissaient de lait. Mon amour... Elle n'était que beauté, que bonté, sourires et pleurs, la perfection existait en ce monde : le paradis, l'homme parfait, le mythe de l'origine était réel, c'était lui, le bébé, Eve... Dieu existe, oui : le bébé. Il régnait sur les êtres et les choses. Elle était le Dieu auquel je me sacrifiais, auquel j'avais sacrifié ma vie.

Rousseau, qui est un grand observateur de l'enfance, en a tiré les conclusions philosophiques. Quand on a un petit d'homme dans les bras, on remarque qu'il naît égoïste, égotiste, en demande, obsédé par la nourriture, dans cette dépendance et cette faiblesse qui le rendent tyrannique, c'est la dictature du faible, mais il n'est pas mauvais. Il détruira votre vie, mais il ne le fait pas intentionnellement, il dépend de vous qu'il survive.

En observant Léa, je m'étais dit que tout le monde a eu quelqu'un pour s'occuper de lui. En un sens, tout le monde a été aimé par quelqu'un. Sinon, il est difficile de survivre. Observer un enfant nous renseigne sur la construction de la personnalité qui se fait dès cet âge-là, de la maltraitance que l'on peut infliger à un enfant et dont il ne se remettra pas. Inversement, lui prodiguer des soins, c'est le construire. Le bébé se développe par l'amour.

Tout comme la loi est importante. Sans loi, sans règle, sans cadre, le bébé n'évolue pas. Et le beau aussi : on peut l'initier à la beauté, car le bébé aime le beau. Léa aimait la musique. Elle faisait de la musique, tapait sur les objets pour chercher le rythme, parlait en chantant, ânonnait. Les paroles n'ont pas d'importance pour elle, c'est aux intonations qu'elle répond. La musique est le langage premier de l'homme.

Léa m'enseignait le sourire. Elle se réveillait en souriant, et souriait dans son sommeil. Sourire, mystère du sourire, fraternité de l'enfant qui naît. Il a beaucoup à nous apprendre, ce mystère du visage humain, ce sourire du bébé comme quintessence de l'autre, mais oui, c'est possible, il existe une communication, l'intersubjectivité existe, et je me dis que les philosophes se sont trompés parce qu'ils n'avaient pas de bébé, Socrate, Kant, Sartre, personne n'avait eu de bébé pour comprendre la vie, l'altérité, l'amour, la haine, la folie, la perte du réel, et comment bien souvent – Rousseau, lui, savait – le sentiment premier de l'homme c'est la pitié. Lorsqu'elle pleurait, lorsqu'elle était en demande, lorsqu'elle était loin de moi et moi loin d'elle, j'avais pitié de Léa. C'est beau la pitié. Non, ce n'est pas le premier stade de l'humanité, c'est peut-être instinctif mais c'est le plus sacré des sentiments, celui qui fait qu'on s'arrête et qu'on regarde, qu'on ressent ce que l'autre ressent, sa souffrance, son attente, son espérance, et que par une sainte inclination, on se penche vers lui pour lui tendre la main, on l'invite en son sein. C'est originel et profond, c'est humain. Le lait maternel et le sein, c'est cette générosité-là. La pitié, la piété filiale.

Elle m'apprenait l'enthousiasme. Quand elle voyait quelque chose ou quelqu'un qui lui plaisait, elle tressautait de joie. Elle m'enseignait l'importance du plaisir. Elle vivait son plaisir totalement, pleinement. Elle m'avait aussi appris que pour accepter de recevoir, il faut faire confiance. Lorsqu'un inconnu tendait un objet à Léa, elle ne le prenait pas. Ce n'est pas donner qui est difficile, c'est recevoir.

C'est vrai : elle a bouleversé ma vie. Et pourtant, elle n'était qu'un bébé. Elle m'a poussée dans mes retranchements, elle m'a fait dépasser toutes mes limites, elle m'a confrontée à l'absolu : de l'abandon, de la tendresse, du sacrifice. Elle m'a disloquée, et elle m'a enfantée. J'étais sa fille. J'étais sa créature, désormais.

J'écoutai mon répondeur pour voir si Nicolas m'avait laissé un message. En effet, sur ma boîte vocale, il y en avait un mais ce n'était pas de lui. C'était un message de Florent, qui m'invitait à un cocktail donné par des amis éditeurs.

Je m'habillai, me coiffai. Je ne me reconnaissais pas dans le miroir. Ainsi avec ma robe noire, mes cheveux lisses, mes yeux surlignés et ma bouche couleur framboise, j'avais l'air d'une femme. Je sortis pour me rendre au cocktail qui avait lieu à l'hôtel Lutétia. Là, au sous-sol, il y avait une nuée de journalistes, d'attachées de presse et de personnages qui se pressaient autour des petits-fours et du champagne. Lorsque Florent me vit, il fendit la foule pour m'accueillir. Je me sentis valorisée par cette marque d'affection et de reconnaissance. Dans ses yeux, je me sentis belle.

A la fin du cocktail, Florent me proposa de m'emmener dîner.

J'acceptai. Nous allâmes à la Casa di Habano à Saint-Germain. Je commandai un Mojito, le premier Mojito depuis que j'avais annoncé ma grossesse à Nicolas, il me semblait que c'était dans une autre vie.

– Vous êtes très belle, Barbara. Je vous trouve si gracieuse, si sensuelle. Vous ne devez pas perdre votre jeunesse. Il faut profiter de ces instants. Ils sont beaux, vous savez... J'aimerais bien vous emmener quelque part.

– Quelque part ? Mais où ?

– Je ne sais pas... En Italie, ça vous dirait ? Si vous voulez, ce week-end, je vous emmène à Venise. Juste vous et moi. Vous ne vous souciez de rien, je m'occupe de tout.

– A Venise, oui, pourquoi pas... Non, pas à Venise... Quelque part, ailleurs.

– Oui, d'accord... Vous avez raison, Venise c'est très surfait.

– Et votre bébé, Florent ? Qu'est-ce que vous en faites ?

– C'est le week-end de mon ex-épouse. Ce qui est pratique, quand on divorce, c'est qu'on est libre une semaine sur deux.

Il y avait de la musique cubaine. Je sirotai mon Mojito en regardant les yeux bleu indigo de Florent... Un autre amour ? Pourquoi pas ? La vie était-elle autre chose qu'une succession d'amours ?

Tout d'un coup, je me souvins. La Havane, lorsque nous avions décidé de faire un enfant. Cuba et les danses effrénées dans la nuit, nos corps emmêlés, entrelacés. J'avais l'impression d'être rentrée d'un très long voyage et j'étais fatiguée.

– Je crois que je dois partir, dis-je.

– Vous êtes sûre, Barbara ?

– Non. Je ne suis plus sûre de rien. Mais je vais tout de même rentrer.

– Comme vous voudrez. Je vous raccompagne.

– C'est inutile, je vous remercie, dis-je en prenant mes affaires. Adieu, Florent.

A la maison, je trouvai ma sœur qui venait de rentrer de vacances.

Katia s'affala sur le fauteuil du salon sans même défaire son manteau. Son visage avait changé. Elle avait quelque chose de rayonnant et de gai, que je ne lui avais pas connu depuis des années, depuis toujours peut-être...

Elle me raconta ses vacances. Elle était seule, face à la mer, elle pensait à elle, à sa vie. Elle regardait le sable et le soleil, elle se disait que c'était beau, qu'elle faisait partie du monde. Au sommet de la colline, elle a rencontré quelqu'un qui était seul comme elle. Ils ont commencé à discuter. Cet homme avait eu un accident du travail, et cela l'avait porté à réfléchir sur ce qui était important dans la vie.

Et puis de fil en aiguille, elle s'est dit qu'elle devait être heureuse, et savoir ce qu'elle voulait, ce qu'elle désirait vraiment faire de sa vie, elle et non pas les autres. Elle avait cet idéal, d'être une mère toujours disponible pour ses enfants, présente jour et nuit pour les câliner, les consoler, les aimer. Elle avait trouvé inadmissible l'idée de quitter son foyer pour travailler à plein temps. Elle pensait qu'elle devait rester avec ses enfants : pour elle, il était inconcevable de couper ce cordon.

Mais voilà, aujourd'hui, sa fille allait à l'école, son

fils était grand, et elle déprimait seule à la maison. Elle avait cru que ses enfants allaient rester des bébés, éternellement. Depuis douze ans, elle n'était plus elle-même. Elle avait maintenant besoin de travailler. Elle voulait reprendre le violon. Parfois la vie emprunte des chemins sinueux. Bref, elle avait décidé de quitter son mari.

— Mais qu'est-ce que tu es en train de me dire ? Tu as eu une aventure là-bas sur l'île ?

— Oui. Avec cet homme que j'ai rencontré. C'était bien, voilà, c'est tout. Ça m'a fait prendre conscience que mon mariage avec Daniel n'est plus ce qu'il était.

— Ah oui ? Mais comme ça, après dix ans ? Tu te poses cette question ?

— Il n'est pas trop tard. Il n'est jamais trop tard. L'important, c'est de se réveiller... Non, tu ne crois pas ?

— Je ne sais pas, Katia.

— Ça va, dis ? on dirait que tu ne te sens pas bien.

— Non, ça va, parfois j'ai des absences, ce doit être le manque de sommeil...

La vie est donc ainsi faite. Les couples se cousent et se décousent comme les épisiotomies. L'enfant ravage le corps, le cœur et les couples. Et le temps passe, en se moquant de tout cela.

Je me levai pour aller m'étendre sur le lit. Là il y avait l'hippopotame de Léa. Je le plaçai contre mon visage, le respirai, m'emplissant de son odeur, l'odeur crémeuse de mon bébé.

Tout d'un coup, j'eus une nausée, une nausée intense, qui me donna envie de me jeter par terre. Quelque chose de profond qui montait en moi sans me lâcher. Le sentiment de l'existence même, d'être en dehors de soi ? Oui, c'est ça, j'existais. Submergée d'existence, c'en était dégoûtant tellement j'existais. Ma bouche, mon cœur qui battait, mon corps qui pesait, les mains moites, le front humide, et cette impossibilité de penser, si seulement, me dis-je, si seulement je pouvais penser, mais je n'y arrive pas, j'existe oui, par cet animal qui est là devant moi, qui me submerge d'odeurs. Toute cette aventure avait été sous le signe des odeurs, depuis le début. Il y avait eu les effluves de la rue à La Havane, et ceux du café le matin, puis l'odeur aseptisée de la salle d'accouchement, du gel-douche passé furtivement, celles des cigarettes et de l'alcool, odeurs agréables devenues repoussantes, l'odeur du cumin et de la cannelle, du basilic, les parfums de l'été, la piscine, l'odeur mélangée de nos vacances, puis celle du retour dans la ville, la pollution, la lessive et l'assouplissant sur les justaucorps du bébé, et aussi l'odeur de l'amour. L'odeur sucrée de Nicolas.

Impossible à dire, de quoi l'avenir sera fait, impossible de s'aimer et impossible de renoncer à s'aimer, telle était notre condition. Poser des questions, ne jamais trouver de réponse, ne pas savoir si c'est possible, et toujours tenter l'impossible, en essayant de s'en sortir, renoncer au bonheur tout en le cherchant, plonger au fond du malheur et toucher le fond pour rebondir, retrouver l'élan des premiers instants, avoir un enfant, et sacrifier son bonheur pour son bonheur, se sacrifier pour passer le relais sans vouloir renoncer à sa vie, et pourtant le faire parce que c'est ainsi, résoudre toutes ces équations, ou ne pas les résoudre, reproduire, se reproduire, répéter les erreurs du passé, vivre sous l'emprise des parents, s'en libérer pour mieux s'enchaîner à ses enfants, être heureux, oui mais l'espace d'un instant... La vie, quoi, et tout ce qu'on en attend...

Cet hippopotame, elle le gardait contre elle ; j'avais besoin de savoir ce qu'elle était devenue, il me semblait ne pas l'avoir vue pendant un an, et comment faisait-elle pour s'endormir ? Est-ce qu'elle pleurait ? Est-ce qu'elle souriait dans son sommeil ? Est-ce qu'elle était heureuse en se réveillant le matin ? Est-ce qu'elle remplissait ses couches quatre fois par jour ? Etait-elle bien ? Etait-elle heureuse ou malheureuse ? Est-ce que je lui manquais ? Est-ce que j'existais sans elle ? Oui certainement j'existais, puisque j'étais tellement submergée d'odeurs et de sensations que j'en étais bouleversée. Je voyais la vie comme un flot ininterrompu et j'en étais partie prenante, traversée par chaque événement, j'étais, en cet instant, l'événement. Mais quel événement ?

Et tout d'un coup, j'eus une illumination.

Je sortis, chancelante.

Mes pas me guidèrent vers la rue des Rosiers, que je traversai à pied, envahie par les effluves des falafels, épices et fumée... Soudain, je sentis quelque chose de familier, une odeur délicieuse et sereine, piquante et excitante, mêlée à une saveur doucereuse de lait caillé et de Mustela... Je tournai la tête.

Nicolas... Il m'avait vue. Il portait son tee-shirt rouge et aussi sa panoplie de séducteur : ses yeux intenses et sa barbe de trois jours. L'air fatigué d'un père qui se réveille toutes les nuits pour rendormir son enfant.

Il poussait la Pliko de Peg Perego dans laquelle était la petite, ma petite Léa. Je la regardai. Il me semblait qu'elle était partie à l'étranger faire de hautes études, qu'elle avait fait des progrès incommensurables, qu'elle avait évolué d'une façon incroyable. J'étais à l'affût des moindres signes permettant de savoir ce qu'elle avait fait, ce qu'elle avait pensé, si elle avait été heureuse ou malheureuse. J'avais envie de savoir ce qu'elle avait vécu seule, comme pour récupérer cette partie de moi qui me manquait. J'aurais voulu qu'elle me raconte tout, heure par heure, minute par minute, j'aurais aimé qu'il y ait une petite caméra sur elle pour que je puisse visionner tous les moments passés sans moi, j'avais besoin de me rassembler.

– Tu as réussi ! dis-je.

– A quoi ?

– A déplier la Pliko !

– Oui, je me suis fait aider par deux passants... Tu vois, c'est facile, à trois, on y arrive très bien...

Il me lança un regard qui me transperça. Je le regardai, incapable de me mouvoir, de faire un geste, comme pétrifiée par la nausée qui me clouait sur place. Comment vivre ? Que faire ? Que lui dire ? Comment penser pouvoir vivre ensemble ? Je n'en avais aucune idée. Je ne savais pas si c'était possible, si nous avions raison de nous séparer, comment organiser la vie sans être deux ; comment se partager l'enfant, de week-end en week-end. Je regardais notre couple s'éloigner, dériver, de plus en plus loin, de ma vie, et c'était mon bonheur qui partait, ma jeunesse envolée, mes illusions perdues ; désormais, j'attendrais. Quoi ? Qui ? Un autre amour ? Pour recommencer encore et encore, être amoureux, vivre ensemble, ne plus supporter d'être ensemble et se quitter... Et revivre dans un cercle le perpétuel recommencement... avec chaque fois moins de cœur, moins d'attachement et donc moins de tourment.

– Bon... Je dois y aller, dit Nicolas, en reprenant la petite. J'ai rendez-vous chez le pédiatre. Je vais lui faire faire son vaccin...

Nicolas me fit un geste de la main, puis il s'éloigna lentement avec la poussette.

Longtemps, je restai là, dans la rue, avant d'entrer à L'Etoile manquante, où je commandai un café.

Notre histoire était finie comme toutes les autres histoires, celles de ceux qui se séparent, que ce soit au bout de deux mois ou au bout de vingt ans, qui se séparent parce que c'est une fatalité et une grande tristesse de ne pas arriver à s'aimer dans ce monde si pauvre, et d'avoir le désir de s'aimer, ne vivre que pour l'amour et pour ces moments de fulgurance et de certitude qui justifient tous les autres instants, toutes les secondes de la vie où l'on se demande qui l'on est, ce que l'on fait, ces moments où sourdement l'on sait qu'on s'est trompé, que la vie, ce n'était pas l'Italie, et ce n'était pas La Havane, et que, portés par Venise, on arrive à avoir assez de distance pour se dire que l'on s'aime encore, que l'on s'est trop aimés pour ne plus s'aimer, que la vie sans amour n'a pas de sens...

J'étais seule, devant mon café. Je regardai le test dans mon sac.

J'étais seule, oui. La passion, l'amour, l'amitié passent avec le temps qui passe. Ce qui reste, ce qui perdure par un grand mystère, c'est la vie : j'étais enceinte.

Eliette Abécassis
dans Le Livre de Poche

La Dernière Tribu   n° 30519

Le corps d'un homme, assassiné il y a deux mille ans au
Tibet, est retrouvé au Japon, dans un temple shintoïste près
de Kyoto. Il tient dans sa main un fragment d'un des célèbres
manuscrits de Qumran. Chargé par les services spéciaux
israéliens d'élucider l'énigme, Ary Cohen découvre, au fil
de son enquête, des similitudes entre les deux religions, juive
et shintoïste. L'une des tribus hébraïques dispersées au
IXe siècle avant notre ère serait-elle parvenue à gagner
l'Extrême-Orient ? Au pays du Soleil Levant, Ary devra
affronter bien des dangers avant de comprendre les raisons
de cette macabre et étonnante découverte, et de retrouver
Jane, la femme de sa vie, agent de la CIA. C'est un roman
foisonnant d'érudition et d'imagination, à la fois thriller et
quête mystique, que nous offre Eliette Abécassis. On y
retrouve avec bonheur le souffle inspiré de la romancière de
Qumran et du *Trésor du Temple*.

Mère et fille, un roman   n° 31739

Le Flore à Saint-Germain-des-Prés, de nos jours. Une mère
et sa fille, deux versions différentes de la séduction. La mère,
créée pour séduire, un Botticelli aux blondeurs vénitiennes,
un astre à l'énergie fatale, à l'amour surabondant. La fille,
une beauté de pas tous les jours selon sa mère, rêveuse et

effacée, dans le doute, le sacrifice, attendant de « naître ».
Admiration, jalousie, possession, émancipation.

Mon père   n° 30026

Depuis la mort de son père, Helena vit recluse dans le souvenir de cet homme à qui elle avait voué son existence.
L'irruption de Paul, qui se dit son demi-frère, va tout bou-
leverser. Est-il possible que le disparu ait eu une autre vie ?
Helena et sa mère ont-elles été les préférées, ou bien leur
a-t-il sacrifié un amour dont elles ignoraient tout ? Au terme
d'une quête qui leur est commune, Paul et Helena compren-
dront ce qu'ils ont vraiment été, l'un et l'autre, pour leur
père. Mais n'y a-t-il pas des vérités qui détruisent ?

L'Or et la cendre   n° 14690

Qui a tué Carl Rudolf Schiller, un théologien berlinois de
renommée mondiale, et coupé soigneusement son cadavre
en deux ? Raphaël Zimmer, un jeune historien spécialiste de
la Seconde Guerre mondiale, se laisse convaincre par son
ami, le journaliste Félix Werner, de l'aider dans son enquête.
De Paris à Washington, de Rome à Berlin, ils vont rencontrer
des théologiens juifs et catholiques, des historiens, rescapés
des camps nazis, des résistants et d'anciens collaborateurs.
Enfin apparaît Lisa Perlman, sculpteur, figure lumineuse
dont Raphaël s'éprend, et dont la famille semble détenir des
secrets qui pourraient permettre d'élucider ce meurtre. Mais
au-delà de l'amour, Raphaël, Félix et tous les autres sont
confrontés au problème terrifiant du Mal. Le Mal, qui, entre
ceux qui tentent de dire la Shoah et ceux qui se murent dans
le silence, ceux qui veulent croire encore en Dieu et ceux
qui ont perdu la foi, continue à frayer son chemin dans le
monde... Après l'immense succès de *Qumran*, Eliette Abécassis nous donne un deuxième roman passionnant comme

un thriller, en même temps qu'une réflexion aiguë et lucide sur les valeurs et les désarrois de notre temps.

Qumran   n° 14363

Le vol d'un des précieux manuscrits de la mer Morte, découvert en 1947 dans les grottes de Qumran, précipite Ary, jeune juif religieux, fils d'un archéologue israélien, dans une enquête jalonnée de cadavres. Des cadavres crucifiés. Ceux des savants ou des prêtres qui ont eu entre les mains un de ces manuscrits... Quels terribles secrets renferment-ils donc pour être toujours en grande partie soustraits, cinquante ans après, à la connaissance du public et des scientifiques ? Les énigmes qui entourent la vie et la mort de Jésus ont-elles des enjeux susceptibles de provoquer ces meurtres atroces ? Avec ce récit érudit et palpitant, dont l'intrigue se joue sur deux mille ans de l'histoire humaine, Eliette Abécassis nous donne – à vingt-sept ans ! – un formidable thriller théologique, que ne renierait sans doute pas Umberto Eco.

La Répudiée   n° 15288

Au premier regard, Rachel a aimé Nathan, le mari qu'on lui destinait. Et c'est avec bonheur qu'elle a accepté son destin de femme pieuse dans ce quartier traditionaliste de Méa Shéarim, à Jérusalem, où elle a grandi. Mais au fil des années se dessine le drame qui la brisera : le couple n'a pas d'enfant. Et la loi hassidique donne au mari, au bout de dix ans, la possibilité de répudier la femme stérile. Comment Rachel accepte le verdict en silence, alors même qu'elle sait n'être pas en cause, c'est ce que nous conte la romancière de *Qumran* dans ce livre intimiste et dépouillé. Un bouleversant roman d'amour qui a été le point de départ du film d'Amos Gitaï, *Kaddosh*.

157

Peut-on échapper au destin qu'on choisit pour vous ? se demande Esther Vital. Juive marocaine née à Strasbourg, écrasée par le poids de la tradition, mais aussi déchirée par la nostalgie des paradis perdus – l'Espagne, de Cordoue à Tolède, le Maroc, de Mogador à Fès –, Esther choisit elle-même son futur époux, Charles, malgré l'opposition de sa famille. Mais, la veille de son mariage, vêtue de la robe pourpre des promises sépharades, elle découvre de terribles secrets dont elle risque d'être l'innocente victime... À travers cette quête des origines, Eliette Abécassis explore avec érudition l'histoire des juifs marocains, de l'Inquisition à nos jours. Voici le grand roman du monde sépharade.

Le Trésor du Temple   n° 15423

Avril 2000, désert de Judée. Un archéologue sacrifié sur un autel, près des grottes de Qumran. Les services secrets israéliens en état d'alerte. Ary, le héros de *Qumran*, est à nouveau plongé au cœur d'une des plus extraordinaires énigmes de l'Histoire, qui unit, au fil des siècles, les Esséniens, les Templiers et la secte des Assassins. Et, remontant du fond des âges, le mystère du trésor du Temple. Un thriller messianique où Eliette Abécassis, renouant avec l'univers romanesque qui a fait le succès international de *Qumran*, allie avec virtuosité l'érudition historique et théologique au roman d'aventures. *Le Trésor du Temple* est la suite de *Qumran*.

Du même auteur :

Aux Éditions Albin Michel

LA RÉPUDIÉE, 2000.

QUMRAN, 2001.

LE TRÉSOR DU TEMPLE, 2001.

MON PÈRE, 2002.

CLANDESTIN, 2003.

LA DERNIÈRE TRIBU, 2004.

LE CORSET INVISIBLE (avec Caroline Bongrand), 2007.

MÈRE ET FILLE, UN ROMAN, 2008.

SÉPHARADE, 2009.

UNE AFFAIRE CONJUGALE, 2010.

ET TE VOICI PERMISE À TOUT HOMME, 2011.

Chez d'autres éditeurs

L'OR ET LA CENDRE, Ramsay, 1997.

PETITE MÉTAPHYSIQUE DU MEURTRE, PUF, 1998.

LE MESSAGER, Baker Street, 2009.

Composition réalisée par IGS-CP

Achevé d'imprimer en septembre 2011, en France sur Presse Offset par
Maury-Imprimeur - 45330 Malesherbes
N° d'imprimeur : 166866
Dépôt légal 1ʳᵉ publication : février 2007
Édition 06 - septembre 2011
LIBRAIRIE GÉNÉRALE FRANÇAISE - 31, rue de Fleurus - 75278 Paris Cedex 06

31/2004/5